법륜 스님의 명심문

부모는 아이의 거울입니다.

법륜

엄마수업

이 세상 모든 엄마에게 보내는 법륜 스님의 선물

법륜 지음 · 하니박 그림

정토출판

차
례

개정판 프롤로그　어떤 순간이라도 세상 모든 엄마가 행복하기를　8
프롤로그　여자가 아니라 엄마로 산다는 것, 좋은 부모의 자격　12

1장 | 자식 사랑에도 때가 있다

자식이 부모에게 오는 인연　24
태교, 아이 인생의 첫 단추　32
출산에서 세 살, 헌신적 사랑이 필요한 시기　37
육아와 직장 생활 사이　42
3년 육아휴직 제도가 필요해　49
세 살에서 초등학교 시기, 부모 행동을 따라 배운다　56
사춘기, 지켜봐주는 사랑　61
성년기 자녀에게 주는 최고의 선물, 냉정한 사랑　69
나이별로 지혜롭게 대응하기　78

2장 │ 부모의 성품이 아이를 물들인다

내 울타리에 가두지 마라 84

"내가 알아서 할게" 하면 기뻐해라 90

아이를 위한다면 먼저 배우자를 존중하라 95

마음대로 조정하려 들면 문제가 생긴다 100

싸우면서 사람 사귀는 법을 익힌다 105

오래된 상처, 상대는 모르는 나만의 아픔 111

엄마는 언제나 네 편이야 114

아이 때문에 부담스럽다면 120

거친 행동 뒤에는 억압 심리가 있다 124

아이의 문제 제기, 무시하지 마라 130

시행착오할 기회를 줘라 135

3장 │ 공부 스트레스가 아이를 망친다

남의 인생에 신경 쓰지 마라 142

진정한 어머니의 사랑 146

당신은 학부모입니까, 부모입니까 151

남들과 달라도 괜찮아 155

가정 형편을 솔직하게 알려주는 게 낫다 160

지금이 가장 행복한 순간 166

믿는 만큼 크는 아이들 171

좋은 아내, 좋은 엄마라는 착각 176

지은 인연의 과보는 피할 수가 없다 181

감싸기만 하면 아이를 망친다 187

남을 이해하지 못하면 내가 괴롭다 191

원하는 것이 다 이루어져야 행복한 것은 아니다 197

세상에 끌려다니지 마라 201

수험생을 위한 최고의 기도문 208

4장 │ 부모는 변화하는 세상 속 자녀의 등불이다

다람쥐가 도토리 줍듯, 소가 풀 뜯듯 222

너를 이해한다. 그럴 수도 있다 230

세상을 열어주는 조력자 235

이만큼 건강해서 다행이야 241

독립된 생명이자 존중받아야 할 존재 246

나는 엄마입니다 252

참된 부모의 자세 255

4차 산업혁명 시대의 자녀교육법 261

5장 | 자녀와 부모가 함께 행복해지는 마음 닦는 법

양육에는 일관된 원칙이 있어야 한다 272
아이에게 자긍심을 키워줘라 277
부모 자신의 상처부터 치유해라 282
부모가 행복하면 아이는 절로 잘 자란다 288
삼천배보다 마음 한 번 숙이는 게 더 낫다 292
아직 살아 있으니 고맙습니다 297

에필로그 엄마가 행복해야 자식도 행복하다 304

어떤 순간이라도
세상 모든 엄마가
행복하기를

여름이 길어지고 있습니다.

농사일을 하며 하루를 시작합니다. 날이 너무 무더워지니 낮에는 일을 하기가 힘들어서 아침 일찍 최대한 많은 일을 하고 있습니다. 더군다나 올해는 풀과의 전쟁이었습니다. 4, 5월 두어 달을 동남아시아에 다녀오느라 풀을 뽑을 시간이 지나버린 겁니다. 뽑을 때를 놓친 풀이 온 밭을 뒤덮고 사람 키만큼 자랄 때도 있습니다. 잡초가 어릴 때 호미로 긁어버리면 뙤약볕에 뿌리가 굵어진 잡초와 씨름하지 않아도 됩니다. 비 오기 전에 씨앗을 심어놓으면 사람이 따로 물을 주는 수고를 덜 수 있습니다. 시기에 맞게 일을 하면 애먹을 일이 없고, 힘들다고 하소연할 일도 없습니다.

싹이 나고 열매가 맺히는 것을 보면 '어떻게 이런 탐스러운 열매가 맺히나?' 하는 생각이 들어 신기하고 재미있지요. 더 잘 크도록 거름과 물을 주고 넘어지지 않도록 지주대도 세워줍니다. 냉해에 싹이 상처 입지 않게 짚을 덮어주기도 합니다. 태풍이 불어닥쳐 작물을 망쳤을 때는 '아이고, 내가 어떻게 키웠는데' 하고 마음 아파합니다. 그러나 이미 벌어진 일에 땅을 치고 있을 수만 없지요. 죽은 것은 뽑아내고 새로운 작물을 심어야 합니다.

아이를 키우는 과정도 농부가 농작물을 키우는 것과 별반 다르지 않습니다. 엄마가 필요할 때 아이를 돌보지 않으면 시기를 놓쳐 굵어진 잡초를 뽑을 때처럼 몇 배의 시간과 에너지가 듭니다. 때를 알고 시기에 맞춰 짓는 농사가 수월하듯이 이치를 알고 아이를 키워야 엄마와 아이가 편안합니다. 기다리는 여유가 있어야 하고, 보내주는 결단력도 있어야 합니다. 무엇보다도 한결같아야 합니다. 비가 오니 귀찮다고 논밭을 둘러보지 않으면 작물을 버리듯, 귀찮다고 방치해두면 아이는 올바르게 자랄 수 없습니다. 엄마는 힘들어도 아이가 자랄 때까지 한결같이 지켜주고 보호해줘야 합니다. 귀찮지만 비 오는 날에도 오이, 호박, 가지를 따와서 반찬을 만드는 것처럼 힘들어도 아이를 키우다 보면 재롱도 떨고 어깨도 주물러주는 행복을 느끼게 됩니다.

《엄마수업》을 출간한 지 벌써 12년의 시간이 흘렀습니다. 결혼도 안 하고, 아이도 없는 제가 '엄마'에 대해 얼마나 알지 의문이 드셨으리라 생각됩니다.《엄마수업》을 처음 출간할 때 전국을 돌며 많은 사람의 질문을 받고, 그에 관한 이야기를 주고받다 보니 알게 된 사실이 있습니다. 인간사에서 일어나는 대부분의 고민은 남편·부인·아이에서 오는 가족문제, 돈·동료·직장 속에서 일어나는 관계 문제였습니다. 이런 질문을 한 사람은 대부분 여성이었고, 이 시대를 살아가는 어머니들이었습니다. 질문을 주고받으면서 알게 된 진실을 그 장소에 있던 사람들만 알기는 너무 아쉬웠습니다. 그래서 책으로 엮은 것이《엄마수업》이었습니다.

그때의 아이가 10여 년이 지난 지금은 청소년이나 성인이 되었고, 그 아이의 엄마도 중년이거나 할머니가 된 분도 있을 것입니다. 그런 것처럼《엄마수업》도 오늘의 엄마와 아이에게 맞게 내용을 보완하고 추가해서 다시 내놓게 되었습니다. 세상이 너무 빨리 변화하다 보니 엄마로, 부모로 살아가기가 갈수록 어렵다고 느껴질지 모릅니다. 인공지능 시대, 코로나 바이러스 등 환경 변화에 따라 다양한 현상이 일어나지만, 시대를 관통하는 진리의 본질은 하나입니다. 농사의 이치를 알면 힘이 덜 들고 농사가 재미있듯, 누구든 인생의 이치를 깨달으면 애써가며 아이 때문에 노심초사하지 않으며 '엄마도 행복할 수 있다'는 것을 말해 주고 싶었습니다. 어떤 순간이라도 세상 모든 엄마가 행복하기를 바랍니다. 그리고 엄마의 행복을 받고 아이들도 행복하게 자라기를 바랍니다.

2023년 7월
두북 정토수련원에서
법륜

여자가 아니라 엄마로 산다는 것,
좋은 부모의 자격

아이가 품 안에서 방긋방긋 웃고 아장아장 걸으며 재롱을 부릴 때에는 눈에 넣어도 아프지 않을 만큼 귀엽지요. 그러던 아이가 크면서는 어떤가요? 슬슬 말을 안 듣기 시작하면서 마치 부모 속을 썩이기 위해 태어난 것만 같습니다. 사람들은 누구나 행복하려고 결혼하고, 행복하려고 자식을 낳아요. 그런데 살다 보면 불행하기 위해 결혼하고, 불행하기 위해 자식을 낳은 것처럼 괴로워합니다.

부모는 자식을 이길 수 없다

부모 자식 간의 대화가 길어지면 큰소리가 나는 경우가 많아요. 입씨름이 길어진다는 것은 누가 옳은가 그른가를 가린다는 것이지요. 그런데 부모와 자식이 싸우면 과연 누가 이길까요?

"자식 이기는 부모 없다."

이 말이 진리입니다.

자식과 싸워서 이기는 방법이 있긴 합니다. 그러려면 부모가 먼저 정을 딱 끊어야 해요. 그런데 부모는 자녀에 대한 애정과 집착이 크기 때문에 정을 끊기가 힘들어요. 누구보다 자식이 그 사실을 더 잘 압니다. 그러니까 부모가 자식을 이기기 힘든 거예요.

네다섯 살 먹은 아이가 엄마에게 저항하는 방법은 떼쓰는 거예요. 떼쓰기 중에서도 제일 강력한 것이 밥 안 먹기지요. 밥 먹다가 숟가락을 탁 놓고 가면 엄마는 밥그릇 들고 따라다녀야 합니다.

그런데 중학생쯤 되면 애가 밥을 안 먹는다고 부모가 눈 한 번 꿈쩍하지 않아요. 이때 부모를 꼼짝 못 하게 하는 방법은 집을 나가는 거예요. 그러면 부모는 아이를 찾으러 정신없이 다닙니다.

그러다 스무 살이 넘으면 집 나가는 정도 가지고는 안 됩니다. 그때는 죽어버리겠다는 말로 부모를 위협합니다. 그럼 어떤 부모라도 자식에게 지게 돼 있습니다.

반면 저는 부모가 아니어서 아이들을 교육하는 게 오히려 간단합니다. 아이가 밥 안 먹는다고 떼쓰면 밥그릇 치워버리고 절대 밥을 안 줘요. 제발 밥 좀 달라고 사정할 때까지 안 주면 아이 버릇이 고쳐집니다. 집 나간다고 하면 "그래? 나가!" 하고 문을 걸어 잠급니다. 그렇게 하면 나쁜 버릇을 간단하게 고칠 수 있는데, 부모는 마음이 약해서 그렇게 못 하는 거예요. 이게 부모들의 약점이에요.

따라서 애당초 자식과 끝까지 싸우려는 생각은 하지 말아야 합니다. 그렇다고 자식이 하자는 대로 따르라는 말은 아닙니다. 아이가 고집을 피우면 얘기를 들어보고 "그래, 네 마음대로 해라" 하든지, 부모 방식대로 해버리든지 빨리 결정해야 합니다. 오래 끌다 보면 결국엔 부모가 지게 되어 있어요.

자식과 협상을 할 때는 되도록 빨리 끝내고, 안 되면 포기하는 것이 상책입니다. 그렇지 않으면 시간 낭비하고 화만 나고 자식을 미워하게 돼요. 부모가 자식을 미워하는 것은 자식이 부모를 미워하는 것보다 훨씬 괴롭습니다. 그러니 자식과 갈등을 일으키는 것은 무조건 부모 손해라는 사실을 알아야 해요.

아이, 본 대로 물드는 존재

자식을 이기지 못하면서도 부모는 자식 걱정을 놓지 못합니다. 그래서 '자식이 말을 안 들어요, 공부를 안 해요, 성적이 나빠요, 대학 시험에 떨어졌어요.' 라고 말하며 아이 때문에 힘들다고 하소연하는 분이 참 많아요. 그러면서 똑같이 하는 말이 있습니다.

"우리 아이에게 이런저런 문제가 있는데, 어떻게 하면 고칠 수 있을까요?"

그러면 저는 이렇게 말합니다.

"먼저 부모부터 고치십시오."

부모는 애를 문제 삼아 겉으로 드러난 현상만 갖고 얘기합니다. 하지만 아이의 근원적인 문제를 보지 못 하면 결코 해결책을 찾을 수가 없습니다. 문제의 근본을 헤아리려면, 먼저 부모와 자녀의 인연 관계를 살펴봐야 합니다.

아이는 생물학적으로 엄마 아빠의 유전자를 받아서 태어납니다. 겉으로 드러난 모습이 엄마와 아빠 중 누군가를 조금 더 닮았다고 해서 그걸 보고 '엄마 닮았다', '아빠 닮았다' 말하지만, 몸 전체로 볼 때는 절반씩 닮았다고 할 수 있습니다.

그런데 가끔은 엄마에게 없는 것, 아빠에게 없는 것이 아이에게 나타나기도 합니다. 유전자는 겉으로 전부 드러나는 게 아니라 잠재된 것도 있어서 후손에게서 나타날 수 있어요.

그러면 아이는 유전자를 준 부모만을 닮을까요? 만약에 병원에서 아이가 바뀌어 10년 넘게 키웠다면 아이의 생각이나 행동은 낳아준 부모를 닮을까요, 길러준 부모를 닮을까요? 당연히 길러준 부모를 닮습니다. 생물학적 유전자는 물려받지 않았지만 음식 먹는 습관, 생각하는 방식, 말하는 버릇 등이 모두 길러준 부모를 닮아요. 그러니까 '엄마'라는 말은 '낳은 사람'이라는 뜻도 있지만, 정확하게는 '기른 사람'을 뜻합니다.

또 생물학적으로 볼 때 아이는 엄마와 아빠를 절반씩 닮지만, 행동이나 사고방식은 대체로 길러 준 엄마를 닮습니다. 만약 아이가 어릴 때 할머니가 키웠다면 아이의 마음 바탕을 형성하는 핵심은 할머니를 닮게 됩니다. '할머니'라 불리지만 실제로는 '엄마'라고 할 수 있어요. 만약 유모가 아이를 키웠다면, 호칭은 유모지만 아이의 마음에서는 유모가 곧 엄마입니다.

아이가 문제 행동을 한다면 모두 길러 준 엄마에게서 배운 거예요. 배운다는 생각도 없이 받아들였다가 어느 순간 실상을 드러낸 것이지요. 문제 행동은 어릴 때부터 나타나는 경우도 있지만, 보통은 사춘기가 되면서 부쩍 두드러집니다.

그래서 자녀가 사춘기가 되어 전에 안 하던 행동을 하면 "사춘기를 심하게 앓는다", "친구 잘못 사귀어 이상해졌다"라며 남에게 책임을 전가합니다.

하지만 아이는 그렇게 될 씨앗을 이미 가지고 있었던 겁니다. 내면에 잠재되어 있던 씨앗이 나쁜 친구를 만나거나 환경이 변하거나 엄마 아빠와 의견 대립이 일어났을 때 싹을 틔운 거예요. 씨앗이 없었다면 싹이 트지 않겠지요.

그렇다면 이 씨앗은 어디서 온 것일까요? 우리는 흔히 '업業은

한 개인이 스스로 짓는 것이다'라고 생각합니다. 하지만 좀 더 정확히 표현하면, 어린 시절에 형성되는 업은 아이가 짓는 게 아니라 부모, 특히 엄마로부터 주어지듯이 본받아 형성됩니다. 이를 바탕으로 아이가 살아가면서 스스로 짓는 것이지요.

그래서 만약 지금 내 자식이 사랑스런 아이가 아니라 웬수처럼 느껴진다면 바로 부모, 그중 기른 엄마가 뿌린 씨앗의 결과라는 사실을 알아야 합니다.

여자가 아닌 엄마다

오늘날 많은 부모가 자식을 남 보기에 좋은 물건처럼 취급합니다. 얼굴 예쁘고, 몸 건강하고, 공부 잘하고, 말 잘 듣는 그런 아이를 원해요. 그래서 좋은 옷을 입히고, 값비싼 음식을 먹이고, 과외를 시키고, 유학을 보내면서 부모 노릇 잘하고 있다고 생각합니다. 하지만 그건 다 착각이에요. 아이들은 이러한 조건 없이도 부모의 사랑만 있다면 잘 살 수 있습니다. 아무리 물질적인 조건이 다 갖추어져 있다 하더라도 부모의 따뜻한 품을 느끼며 자라지 못하면, 아이는 자기 자신뿐 아니라 이 세상을 긍정적으로 보지 못하게 됩니다.

그렇다면 부모가 아이를 진정으로 사랑하는 길은 무엇일까요?

부부가 아이를 갖기 전에 마음의 준비를 잘 해야 합니다. 부부가 서로 화합하고 사랑할 때 아이를 가져야 합니다. 부부 사이에 갈등이 생긴 상태에서 아이가 생기면, 그 갈등이 아이에게 주는 피해는 엄청납니다. 아이는 연약한 존재이기 때문에 엄마의 상태에 고스란히 영향을 받게 돼요. 불안과 초조, 분노와 갈등의 감정이 아이에게 그대로 전해지는 겁니다. 그것이 아이가 어른이 될 때까지 큰 영향을 줍니다.

자식을 심성이 건강한 사람으로 키우려면, 먼저 부모의 심리가 안정되어 있어야 합니다. 경제적으로 부유하냐 가난하냐는 별 상관이 없어요.

그러니까 스스로 자신을 돌아보고 다른 사람과 맞춰 살 마음의 준비가 덜 됐다 싶으면 결혼할 생각을 하지 않는 게 좋아요. 그래도 꼭 결혼하고 싶으면 결혼은 하더라도 자식은 낳지 않는 게 좋습니다. 만약 자식을 낳겠다고 결심했다면, 정말 그 아이를 위해서 노력해야 합니다. 아이가 건강하게 자라서 행복해질 수 있도록 하는 게 부모의 의무예요. 그렇지 않으면 장난감을 가지고 놀든지 강아지를 사서 키우며 놀면 돼요. 남들 다 한다고 나도 따라 자식을 낳아서 왜 불행하게 합니까?

특히 여자는 자식을 낳고도 혼자 몸일 때와 같은 연약한 심성으로 살면 자식을 잘 키울 수 없습니다. 이런저런 자극에 흔들리며 불안해하고, 자기 마음대로 안 된다고 성질내던 습관대로 아이를 키우면, 아이도 엄마처럼 불안정하고 분노가 많은 사람이 됩니다.

아이가 건강하고 심리적으로 안정되고 행복하려면 엄마 먼저 마음의 중심을 잡아야 합니다. 이리저리 흔들리는 불안한 여인의 마음이 아니라, '내 아이는 무슨 일이 있어도 내가 지킨다'는 굳건한 엄마의 마음을 가져야 해요. 그래야 아이가 그런 엄마의 마음을 지지대 삼아서 잘 자랍니다.

만약 남편이 마음을 몰라준다고 미워하는 마음을 내면 어떨까요? 심리적으로 안정이 안 되겠지요? 그러면 아이의 마음이 불안해져요. 따라서 아이 키우는 엄마는 언제나 남편을 이해하고 좋아하는 마음을 내야 합니다.

또 경제적으로 곤궁하다고 엄마가 스트레스를 받으면 마음의 안정을 찾기 어렵습니다. 이럴 때도 짜증을 내는 대신 편안한 마음으로 검소하게 살면서 아이들이 주눅 들지 않도록 다독일 수 있어야 합니다.

엄마는 그 어떤 조건에서도 자식을 보호해야 하는 책임이 있어요. 여자로서가 아니라 엄마로서의 책임이 있다는 겁니다. 자식에게 엄마는 세상이고 우주이며 신입니다.

자신의 어린 시절을 돌이켜 보세요. 그럼 부모가 어떤 존재인지 알 수 있잖아요. 엄마가 준 상처가 평생 자신을 괴롭히고, 그때의 애정결핍으로 지금도 고통스러워한다는 것을 알 수 있습니다.

이처럼 내 어린 시절을 돌아보면, 엄마가 자식에게 어떤 존재가 되어야 할지는 바로 알 수 있습니다. 그런데 부모가 자신을 보지 않고 자식의 문제만 보니까 근본적인 해결이 안 되는 거예요.

결혼을 했으면 상대에게 맞춰 살 의무가 있는데 제 방식대로 살겠다고 고집하고, 애를 낳았으면 전적으로 보호할 의무가 있는데 부담스러워하고 자기 성질대로 사니까 결국 과보가 따르는 겁니다. 이것은 관계 속에서 자신의 존재를 이해하지 못 하고 관계를 어떻게 맺어야 할지 모르는 데서 오는 고통이에요. 그래서 수많은 관계 중 부모와 자식이 가장 아름다운 관계인데도 스스로 부모 자식을 원수지간으로 만들어버리고 맙니다.

그러니 '자식이 아니라 웬수'라고 자식을 탓하기 전에 부모로서 나는 어떤 마음인가를 먼저 돌아봐야 합니다. 그러면 바로 그 자리에 자식을 진정으로 사랑하는 엄마 마음이 생겨날 수 있어요. 그 마음이 없는 부모가 자식을 위해 온갖 정성을 쏟아도 자식은 고통을 겪습니다. 아무리 큰 사랑이라 해도 그 사랑을 부모 방식대로 전한다면, 자식이 다 좋게 받아들이는 게 아니에요. 나는 사랑하는 마음으로 했지만 자식에게는 억압이 될 수도 있습니다. 그걸 모르면 "나는 너희를 이렇게 아끼고 사랑하는데 어떻게 내게 이럴 수가 있어!" 하는 원망만 하게 됩니다.

'모든 문제는 자식 탓이 아니라 내 탓이다.'

이 이치를 이해할 때 비로소 자식 문제를 해결하고 진정한 엄마 노릇을 할 수 있습니다.

2011년 10월

법륜

1장

자식 사랑에도
때가 있다

자식이
부모에게 오는
인연

결혼해서 부부만 살 때에는 다투고 갈등이 있어도 괜찮습니다. 하지만 자식을 낳겠다고 결정했다면 상황은 달라집니다. 이때부터 부부는 서로 더 이해하고 배려해야 합니다. 특히 아이를 잉태할 때와 아이가 배 속에 있을 때 그리고 세 살까지는 특별히 주의해야 합니다.

세 살 이후부터는 교육의 힘이 나타나는 시기라고 할 수 있어요. 아이가 세 살이 지나면 부모가 어떻게 가르치는가도 중요하지만, 아이가 어떻게 받아들이는가도 중요합니다.

그런데 세 살 이전까지는 밖에서 주어지는 대로 심성이 형성되기 때문에 아이에게는 아무 책임이 없어요. 전적으로 부모 책임입니다. 따라서 이때는 엄마 마음이 무조건 편안하고 부부가 화합해야 아이에게 좋은 영향을 줄 수 있어요.

아이가 문제가 있다면 그 아이를 낳은 시점을 잘 살펴보세요. 주로 부부 사이에 문제가 있을 때였거나 '저 사람과 못 살겠다' 하는 마음일 때였을 겁니다. 이런 인연으로 아이의 정서에 문제가 생기고, 그것이 사춘기 무렵에 문제 행동을 일으킨 것입니다.

사람 몸을 기준으로 하면 엄마의 배 속에 있기 전을 전생, 그 후를 현생이라 합니다. 하지만 정신적인 것을 기준으로 하면 세 살 이후가 현생이고, 세 살 이전을 전생이라 할 수 있어요. 왜냐하면 세 살 이전에는 아이에게 자아의식이 없기 때문이에요.

우리가 살아온 인생을 되짚어볼 때, 아무리 기억을 더듬어 내려가도 세 살 이전의 일들은 기억이 나지 않아요. 따라서 세 살 이전에 경험했던 것들은 내가 기억하지 못 하지만, 실제로 '내' 행위 이전의 일이기 때문에 전생이라 부를 수도 있습니다.

그러다 세 살이 지나면 아무리 똑같이 교육을 시켜도 아이마다 반응이 다릅니다. 같은 교육을 시켜도 받아들이는 것이 같지 않아요. 이미 아이의 마음 안에 있는 주체의 인자가 다르기 때문에 환경이 같아도 반응이 달라지는 거예요. 콩 심은 데 콩 나고 팥 심은 데 팥 나듯이, 콩이냐 팥이냐 하는 종자가 사람으로 치면 세 살 이전에 거의 다 결정이 됩니다.

특히 임신할 때 부모의 마음 상태가 중요한 역할을 합니다.

우리는 하루에도 수차례씩 마음이 변합니다. 천사 같은 마음을 낼 때도 있고, 악마 같은 마음을 낼 때도 있지요. 성질을 내면서 눈을 부라리며 독사같이 덤빌 때도 있고, 생글생글 웃으면서 착하게 행동할 때도 있어요. 하루에도 열두 번 마음이 바뀌는 거예요. 하늘나라에 온 듯한 행복을 느끼다가도 지옥에 떨어진 것 같은 고통을 느끼기도 합니다.

이처럼 마음은 늘 변하는 것인데, 아이를 임신할 당시의 마음 상태가 어떠냐에 따라 그에 맞는 심성의 아이를 임신하게 됩니다.

이것을 비유를 들어 생물학적으로 보면 수억 마리의 정자가 달려가서 그중 하나가 난자와 결합하는 것으로 표현할 수 있어요. 각각의 정자 가운데 당시 내 마음 상태, 내 습관과 일치하는 것이 임신으로 이어지는 겁니다.

그래서 옛날 양반가에서는 기도를 한 다음, 좋은 날과 시간을 받고 부부가 목욕재계하고 마음의 준비를 한 후 합궁을 했어요. 아이 낳는 것을 단순히 성적 결합으로만 여기지 않고 인생의 중대사로 생각한 겁니다. 결국 심신이 편안하고 안정된 상태에서 아이를 맞이할 준비를 했기 때문에 좋은 인연이 온 겁니다.

그런데 '이 여자를 어떻게 해볼까', '이 남자를 어떻게 꾀어서 결혼을 해볼까' 하는 욕심으로 만나고, 단지 성적 쾌락을 위해 관계를 맺어 아이가 생겼다면 어떨까요? 쉽게 이야기해서 준비되지 않았거나 원치 않는데 생긴 경우라면 정성 들여 기도해서 낳은 아이와는 근본 입자가 다를 수밖에 없어요.

또 결혼을 했다고 다 아이를 바로 낳을 수 있는 것도 아닙니다. 아이를 갖기까지 힘든 과정을 거치는 경우도 적지 않아요. 유산의 경험에 대해 다음과 같이 상담한 분이 있습니다.

"결혼한 지 한 달 만에 임신을 하고 얼마 되지 않아 유산을 했습니다. 그 다음 아이도 위험하다고 해서 3주 동안 안정을 취했는데도 잘못되고 말았어요. 한 1년 정도 지났는데 다시 임신하는 게 두렵습니다. 그런데 108배를 하니까 마음이 많이 안정되는 것 같습니다. 그래서 백일기도를 하고 싶은데, 혹시 임신하면 어떻게 수행을 해야 할까요?"

이처럼 아이를 배고 있는 동안 아이가 잘못되어 고통 받는 임신부들이 있습니다. 아이가 생기면 크게 기뻐했다가 유산을 하고 나면 큰 충격과 두려움을 갖게 되지요.

인연법으로 볼 때 아이가 열 살이나 스무 살쯤 까지 크다가 죽는 것보다 아이가 배 속에 있을 때 유산되는 것이 낫습니다. 왜냐하면 나중에 겪어야 할 더 큰 아픔을 미연에 방지해준 셈이니 앞으로 아기가 또 생겼다가 유산을 하더라도 걱정할 필요가 없습니다. 그대로 태어나면 좋지 않아 자연스럽게 유산이 되는 거예요. 자연유산은 아이가 형성은 되었지만 너무나 약해서 자궁 안에서 생존을 잘 못 하는 거예요. 그래서 설령 태어나더라도 장애를 안게 되거나 건강하게 살지 못 하고 죽을 수 있기 때문에 자궁 안에서 자연유산된 것에 괴로워할 필요가 없습니다. 세상에 나와서도 제대로 적응 못 하는 아이들이 많은데, 엄마의 자궁 안에서조차 제대로 적응을 못 하는 아이에 대해 슬퍼할 일이 아니에요.

아이와 엄마 모두에게 큰 불행을 미연에 방지한 것이라 이해하고 병원검진은 잘 받되 자궁에서 아이가 미성숙한 상태에서 유산되는 걸 두려워하지 마세요. 호랑이는 언덕에서 새끼를 떨어뜨려서 살아남는 놈만 키운다는 말이 있잖아요. 모질어 보이지만 이것이 자연의 법칙이에요. 오히려 이 일을 계기로 엄마가 될 준비를 차분히 시작하는 것이 좋아요. 그러다 보면 마음이 바뀌면서 인연도 달라집니다.

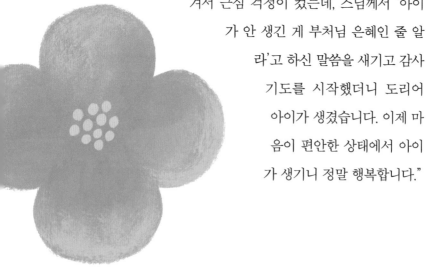

"결혼한 지 10년이 지나도록 아이가 안 생겨서 근심 걱정이 컸는데, 스님께서 '아이가 안 생긴 게 부처님 은혜인 줄 알라'고 하신 말씀을 새기고 감사기도를 시작했더니 도리어 아이가 생겼습니다. 이제 마음이 편안한 상태에서 아이가 생기니 정말 행복합니다."

이렇게 마음이 편안해진 후
아이를 가지면 부모와 아이
모두 행복해질 수 있습니다.
　아이를 가지려면 부모는
함께 먼저 마음의 준비를 해야
합니다. 예민하고 근심 걱정이
많으면 아이를 낳아도 아이에게
문제가 생길 수도 있어요. 특히 엄
마가 될 사람은 누구보다 마음을 편안
히 하고, 세상의 어떤 자극에도 흔들리지 않도
록 마음의 중심을 잘 잡아야 합니다.

태교,
아이 인생의
첫 단추

엄마가 아이를 가지면 태교에 신경을 씁니다. 좋은 음악을 듣고, 좋은 책을 읽고, 좋은 음식을 가려서 먹습니다.

그런데 이런 것들보다 훨씬 더 중요한 게 있어요. 바로 엄마의 마음이에요. 아이를 가질 때 수정란은 처음에는 하나의 세포입니다. 그것이 2개가 되고, 4개가 되고, 8개가 되고, 16개가 되고, 32개가 되고, 엄청나게 분열해서 한두 달쯤 지나면 신체 부위가 하나둘씩 형성되면서 기본 형체가 만들어집니다.

시간이 흐를수록 일정한 모양을 형성해 나가지요. 그런데 이

때는 아이의 몸이 독립돼 있는 게 아니라 엄마 신체 중 일부예요. 손이나 눈, 심장이나 위가 우리 몸의 일부이듯이 아이도 엄마 신체의 일부인 거예요.

만약 임신부가 소스라치게 놀라면 어떻게 될까요? 보통 사람들도 놀라면 심장이 긴장하거나 멈추는 등 신체가 영향을 받습니다. 이와 마찬가지로 배 속에 있는 아이도 엄청난 영향을 받게 됩니다. 또 속상한 일이 있으면 밥 먹었던 게 소화가 안 되는 것처럼 엄마의 심리 상태가 아이의 신체에 영향을 줍니다.

나무로 치면 어른의 몸은 다 큰 나무라 할 수 있어요. 그래서 나쁜 영향을 받거나 상처를 입는다고 해도 시간이 좀 지나면 깨끗이 아물지만, 아이는 연약한 묘목 같아서 조그마한 상처가 나도 금세 죽거나 병들 수 있습니다.

이런 까닭에 유전자에 문제가 있지 않은 경우에도 배 속에서 영향을 받아 선천적으로 심장이 약하다든지 태어날 때부터 신체적·정신적인 이상 증상이 나타날 수도 있습니다.

임신 중에 엄마가 놀라거나 속상해 하거나 누군가를 미워하거나 또는 우울증이 있다면 배 속의 아이는 믿기 어려울 만큼 큰 영향을 받습니다. 또 엄마가 담배, 마약, 술과 같이 몸에 좋지 않은 것을 섭취하거나 영양이 부족해도 아이는 선천적으로 허약하거나 신체 장애가 생길 수 있어요.

임신부들은 여느 때보다 더 예민해져서 다른 사람의 말과 행동에 마음이 불편해지기 쉬워요. 그래서 옛날에는 임신부에게 나쁜 걸 안 보여 줬어요. 초상집에도 못 가게 했지요. 초상집에 가면 임신부의 마음도 우울해지니까 아이에게 안 좋은 영향을 준다고 생각한 거예요. 임신부는 꽃이나 애완동물 같은 예쁜 것만 보게 하고, 좋은 얘기와 덕담만 나누게 했어요. 이러한 것을 보면 우리나라 태교가 예전에는 아주 발달했다는 걸 알 수 있어요.

그런데 요즘은 어떤가요? 아이를 가지고도 담배를 피우고, 술을 마시고, 남편과 악을 쓰면서 싸우기도 합니다. 남편이 미우면 당연히 배 속에 있는 아이도 미워져요. 당장 헤어지고 싶은 마당에 자식을 낳고 싶겠어요? 그러다 보면 아이를 지워 버릴까 하는 생각까지도 하지요. 배 속에 있는 아이는 제 엄마로부터 살해 위협을 느끼겠지요.

'세상 사람이 다 안 믿어 줘도 우리 부모만은 나를 믿어 준다. 세상 사람이 다 나를 문제 삼아도 우리 엄마는 나를 사랑한다.'

자식이라면 이렇게 부모를 탁 믿을 수 있어야 하는데, 배 속에서부터 생존의 위협을 받았기 때문에 태생적으로 인간에 대한 믿음을 갖지 못해요. 이런 아이는 자라면서 피해의식이 강하고, 의심이 많고, 공격성이 강한 성격을 가지게 됩니다. 제 엄마로부터도 목숨의 위협을 받은 사람이 이 세상 누구를 믿을 수 있겠습니까.

그래서 아이를 가진 엄마라면 무엇보다 마음이 편안해야 합니다. 남편이 어떻게 하든, 시어머니가 어떻게 하든 거기에 영향을 받지 않고 마음을 편하게 유지해야 해요.

아이에게는 아무 죄가 없어요. 아이가 어떻게 할 수 있는 게 아니잖아요? 다만 엄마 아빠와 인연이 있어서 태어났으니 만난 것은 제 인연이지만, 아이에 대한 책임은 전적으로 부모에게 있는 거예요.

아이와 인연이 닿았다는 것은 앞으로의 인생에 큰 변화를 가져오는 중대한 사건이에요. 이 시기를 어떻게 보내느냐에 따라 좋은 인연이 될 수도 있고, 평생 괴로운 인연이 될 수도 있어요. 특히 배 속의 아이는 아주 연약한 존재니까, 엄마가 건강에 각별히 신경 쓰고 주의해야 합니다.

사실 가장 좋은 것은 결혼하기 전에 엄마로서 아이를 맞이할 몸과 마음을 준비하고, 아이가 생기자마자 바로 엄마로서 마음을 챙기는 수행을 하면 행복한 인연을 지을 수 있어요.

좀 더 구체적으로 살펴보면 아이를 기준으로 할 때 결혼 후에 10년 수행하는 것보다는 결혼하기 전에 1년을 수행하는 것이 훨씬 큰 영향을 줍니다. 그리고 결혼하기 전에 한 달이라도 수행하는 것이 결혼한 후에 1년 수행하는 것보다 낫습니다.

이것은 잡초의 싹이 보일 때 호미로 긁어내는 것보다 풀이 모두 자란 후 뿌리를 뽑아내는 게 몇 갑절 힘든 것과 같은 이치입니다.

그런데 우리 인생살이는 어떤가요? 기도는커녕 하루하루 정신없이 살기 바쁘지요. 그러고는 태어나지도 않은 아이를 위해 기저귀와 장난감을 마련합니다. 정말 무엇이 중요하고 무엇이 먼저인지를 모르는 어리석은 행동이 아닐 수 없습니다.

출산에서 세 살,
헌신적 사랑이
필요한 시기

엄마는 아이가 어릴 때일수록 모든 걸 다 해줍니다. 밥상머리에서 똥을 싸도 애부터 걱정하고, 새벽 2시에 애가 오줌을 싸도 자다 일어나 기저귀를 갈아요.

'새벽 2신데 오줌 누냐?', '이게 어디 밥상머리에서 똥 누냐?'

이런 생각이 없습니다. 무조건 아이를 우선으로 생각하고 행동합니다. 이것이 엄마 마음이에요.

엄마가 아이를 무조건 위하는 이 사랑의 마음이 아이에게 고스란히 전해져서 아이의 마음이 되는데 이것을 '양심'이라 하지요. 그래서 인간의 심성 가운데 양심이 가장 먼저 생기는 겁니다.

엄마의 사랑을 그대로 받아 신뢰와 이타심이 형성되는 거예요.

이때 우리가 흔히 말하는 휴머니즘이 생깁니다. 엄마가 아무런 조건 없이 아이를 사랑했기 때문에 아이가 그것을 따라 배워 양심과 도덕성, 인간애가 형성되는 거예요.

이 시기의 아이는 엄마의 사랑을 고스란히 자신의 내면에 받아들입니다. 처음 아이가 태어나면 백지상태와 같아요. 그래서 한국 사람과 있으면서 한국말을 들으면 한국말을 하게 되고, 영국에 있으면 영어를 하게 되고, 프랑스에 있으면 불어를 하게 되고, 일본에 있으면 일어를 하게 됩니다. 또 돼지우리에 넣어 놓으면 돼지를 흉내 내고, 늑대 무리에 있으면 늑대처럼 행동해요.

생물학적으로 사람 종자로 태어났다 해서 저절로 사람이 되는 게 아니에요. 사람 속에서 자라면서 사람의 심성을 형성해야 한 명의 인간으로 완성되어 가는 거예요.

백지상태 같았던 아이에게 정보가 들어가서 기본 심성이 결정될 때까지 약 3년이 걸립니다. 이때 보고 들은 것이 그대로 각인됩니다.

'세 살 버릇 여든까지 간다'는 옛말이 있는데, 이때 형성된 카르마(업)가 자기의 기본 심성이 되기 때문에 쉽게 바뀌지 않는 걸 뜻합니다. 예를 들어 아이가 태어나서 엄마와 아빠가 한 명씩 있는 걸 보고 자랐기 때문에 여자 하나, 남자 하나가 부부로 살아야 되나 보다 생각하는 것이지, 태어나서 보니까 한 남자와 여

러 여자가 함께 산다면 그것을 정상으로 여깁니다. 또 한 여자와 여러 남자가 사는 걸 보고 자랐다면 그게 정상인 겁니다.

우리가 옳으니 그르니 하는 것, 윤리와 도덕 등이 모두 우리가 뭘 보고 자랐느냐에 따라 달라집니다. 보여 주는 대로 기억되어 그게 작용하는 거예요. 특히 아이의 성질은 따라 배워 형성되는데 그중에도 세 살 이전은 각인 작용이라고 해서 도장 찍히듯이 찍혀 버립니다.

이 시기는 자아가 형성되는 중요한 시점이므로 적어도 세 살 때까지는 엄마가 아이를 키워야 해요. 그래야 내 자식입니다. 나를 닮아야 내 자식이지 나를 안 닮으면 내 자식이라고 할 게 없잖아요. 이 시기에 엄마가 아닌 다른 사람이 아이를 키우면 그 사람이 바로 아이의 엄마가 돼요. 왜냐하면 아이는 키워 준 사람을 닮게 되니까요. 내 자식이 바른 마음가짐을 가지려면 엄마가 아이에게 전적으로 집중해야 하고, 엄마의 심리 상태가 편안해야 합니다.

그러면 아빠는 어떤 역할을 할까요? 아빠는 부차적 존재입니다. 아빠가 아이에게 할 수 있는 것은, 아이엄마에게 잘해서 마음을 편안하게 해 주는 거예요. 시어머니가 손자를 잘되게 하려면 며느리에게 잘해 줘서 간접적으로 손자가 잘되도록 하는 길이 있습니다.

그러나 아이와 관련해서 일차적인 책임은 무조건 엄마에게 있어요. 시어머니가 어떠하든, 남편이 어떠하든, 세상이 어떠하든, 엄마만 자식을 잘 품으면 아이는 문제가 없습니다.

만약 아빠 없이 자란 아이가 문제아가 되었다면, 그것은 아빠가 없기 때문이 아니에요. 남편이 없다고 아내가 방황하고, 엄마가 방황한 탓에 아이에게 문제가 생긴 것이지, 아빠가 없는 데서 오는 문제가 아니라는 사실을 알아야 합니다.

이 시기만큼 아이에게 엄마의 사랑이 절대적으로 필요한 때는 없습니다. 이 시기에 엄마가 아이에게 얼마나 헌신적인 사랑을 쏟았느냐에 따라 아이의 인생이 결정된다고 할 수 있습니다.

육아와
직장생활
사이

직장에 다니다 아이를 낳으면 애 볼 사람을 구해서 맡겨 놓고 다시 직장에 나가는 사람들이 많습니다. 일단 직장을 그만두면 다시 취업하기 어려울 뿐만 아니라 경제적인 문제도 있고 해서 다시 일을 나갑니다.

직장 생활을 하는 엄마를 둔 아이의 경우 어릴 때는 별문제 없는 듯 보여요. 하지만 대체로 사춘기가 되면 그때부터 문제가 생깁니다. 그러다 보면 엄마가 자식 문제 때문에 다니던 직장을 그만두고 애한테 매달리는데, 그때는 이미 늦습니다.

아이가 정말 엄마를 필요로 할 때는 일하느라 바쁘다고 팽개치고, 부모 손을 필요로 하지 않을 때는 찰싹 붙어서 아이를 관리하려고 드니, 오히려 부모와 자식 사이에 갈등이 생기고 문제가 발생합니다. '호미로 막을 것을 가래로 막아도 못 막는다' 하는 정도가 아니라 포클레인을 가져와도 안 될 만큼 일이 커지는 거예요.

아이에게는 엄마 품에 안겨서 클 권리가 있어요. 그런데 엄마가 직장에 나가야 한다는 이유로 태어난 지 2, 3개월도 채 안 된 아이를 다른 사람 손에 맡깁니다. 이것은 아이 입장에서 보면 엄마로부터 사랑받고 보호받을 자기 권리를 빼앗긴 것과 같아요. 아이가 할머니 품에서 자라고 싶겠어요, 엄마 품에서 자라고 싶겠어요? 당연히 엄마 품에서 자라고 싶겠지요. 돈으로 엄마 역할을 대신할 수는 없어요.

아이는 태어나서 엄마에게 보호받고 사랑받을 권리가 있고, 엄마는 일단 아이를 낳으면 아이에 대해 무한책임을 져야 해요. 그렇지 않으면 아이가 행복하게 살기 어렵고, 아이가 제대로 자립하지 못 하면 부모가 그 과보를 늙어 죽을 때까지 받게 됩니다.

옛날 아이들은 어머니들이 일한다고 바빠서 김 매던 콩밭에 그냥 던져 놔도 다 잘 컸어요. 일곱 명, 여덟 명씩 낳았어도 다 잘 컸습니다. 그 이유가 뭘까요? 엄마의 사랑이 있었기 때문이에요. 아이들을 위해서 한시도 쉬지 않고 일하는 엄마를 늘 곁에서 보고 자랐지요.

하지만 태어나자마자 엄마를 보지 못 하고 자라는 아이들은 달라요. 마음에 상처를 입습니다. 그래서 엄마든 아빠든 반드시 부모가 키워서 아이의 마음이 안정될 수 있게 해야 합니다. 이 사람 저 사람 손을 타면 아이가 불안해해요.

아이에게 좋은 옷을 입히고 사립학교에 보내고 과외를 시키는 게 중요한 게 아닙니다. 갓난아이에게 좋은 옷을 입혀 준다고 해서 그걸 아이가 아는 것도 아니에요. 부모가 어리석어서 그걸 자식 사랑이라고 착각하는 겁니다.

돈 때문이든, 자아성취를 위해서든 직장 생활을 하다가 회의를 느낀다는 엄마가 많습니다.

"직장생활만 20년 넘게 했고, 가정에서도 두 아이의 엄마로서 나름 성실하게 살아왔습니다. 그런데 아이들이 사춘기가 되면서 서로 싸우는 일이 많아지고, 남편도 가정보다는 직장 동료들과 술자리를 좋아해 집안일이나 아이들 문제 등이 모두 제 차지라 부당하다는 생각이 듭니다. 하지만 남편과 아이들은 저로 인해 스트레스를 받는다고 불평불만을 토로합니다. 저도 성격이 예민하고 나름 완벽해야 한다는 생각을 가지

고 있는 터라 주위 사람들을 힘들게
하는 측면도 있는 것 같습니다. 마음
같아서는 모든 것을 훌훌 털어버리고 싶
은데 아이들이 걱정되고 그럴 용기도 없어
힘이 듭니다."

이렇게 하소연하는 엄마는 직장 생활은 잘
했을지 모릅니다. 그러나 가정에서 자기 역할에
충실하지 않았기 때문에 허망해진 거예요. 가정을 위해서 직장
을 열심히 다녔는데, 남편과 자식이 몰라준다 싶은 겁니다. 억울
하고 분하고 눈물이 나는 거예요.

그러나 이 엄마가 착각하는 것이 있습니다. 잘 들여다보면 직
장 생활은 자신의 문제지, 남편과 자식 문제가 아니에요.

자기는 자아실현을 하고 싶어서, 가정을 위해서 직장에 다닌
다고 말하지만 사실은 다 돈 문제예요.

아이를 정말 사랑하면 세 살 때까지는 방도 없이 텐트를 치고
살아도 엄마가 애들을 키워야 합니다.

'애 키울 동안은 20평 살다가 10평으로 이사를 가더라도 전적
으로 책임지고 맡아서 키우겠다.'

이렇게 생각해야 합니다.

아이에게는 기른 사람이 엄마예요. 그런데 직장 생활을 하느
라 자식을 돌보지 않았기 때문에 이 엄마는 진짜 엄마가 아니에

요. 그저 돈을 댄 사람일 뿐이죠. 옷 사 주고 장난감 사 주는 일은 열심히 했겠지요. 그러나 정작 중요한 것이 빠져 있어요. 아이를 품에 안고 돌보는 시간이 없었다는 거예요. 그러니까 애를 남한테 맡겨서 키울 때는 애가 나에 대해서 잘하리라는 기대를 안 해야 해요. 아이를 남의 손에 맡겨 놓고 자기 볼 일 보러 다녀 놓고, 아이가 나에게 잘하리라 기대했다가 뜻대로 안 되니까 괴로운 거예요.

흔히 가정에서 아빠들이 자식에게 왕따를 당하는 경우가 많아요. 엄마 아빠가 싸우면 애들은 다 누구 편을 듭니까? 엄마 편을 들어요. 애들은 분별력이 없기 때문에 자기를 감싸는 사람, 자기와 많은 시간을 보내고 보호해 주는 사람이 다 잘하는 거라고 생각합니다.

이처럼 아이를 돌봐야 할 시기에 안 돌보면 애들이 엄마 고마운 줄 모릅니다. 남편도 아내 고마운 줄 몰라요. 그러면 나중에 힘들게 직장 다니며 일한 본인만 억울하고 괴롭지요.

보통 부부간에 일어나는 갈등을 보면, 남편이 늦게 들어오고 바깥 활동에만 치중하는 데서 시작되잖아요. 그래서 아내가 잔소리를 하면 그때 남편은 뭐라고 합니까.

"돈 줬잖아. 생활비 줬잖아."

이러면서 큰소리치잖아요. 이 말의 의미는 직장 생활해서 돈만 주면 가장 역할을 다 했다고 생각하는 겁니다. 엄마가 회사에 열심히 다니면서 가정경제를 책임졌다고 항변하는 것도 이와 다르지 않아요.

하지만 직장 생활하면서 돈 번다고 엄마의 역할을 다하는 게 아닙니다. 그것은 돈을 벌었을 뿐이고, 자기 개인의 문제일 뿐이에요. 남편에게는 아내가 필요하고 애들한테는 엄마가 필요하지 직장에 열심히 다니는 돈 버는 사람이 필요한 건 아니에요.

'내가 직장에 힘들게 다녀서 돈 벌어 가정경제에 도움을 주었는데 왜 고마운 줄 모르느냐'고 항변하는 것은 자기 생각일 뿐이에요.

그렇다고 엄마가 직장 생활을 하지 않고 가정에만 있어야 한다고 말하는 게 아닙니다. 엄마가 직장 생활을 하려면 아이의 나이를 고려해야 해요. 만약 아이가 초등학교에 들어가기 전이면 사회 활동을 그만두든지 아니면 줄여서라도 아이를 최우선에 두어야 해요. 아이가 초등학생이라면 서로 대화를 하는 게 좋아요. 자신의 상황에 대해 변명이 아니라 대화를 해야 합니다.

"엄마는 지금 일을 해야만 하는데 넌 어떻게 생각하니? 너도 네 인생이 있듯이 엄마도 내 인생이 있단다. 공부하는 게 네 할 일이라면, 엄마는 일이 필요하단다."

아이가 초등학생만 돼도 대화가 됩니다. 그런데 이때 조심할 것은 아이한테 허락을 받는 태도를 취해서는 안 된다는 사실이에요. 가끔 보면 아이한테 허락을 구하는 부모가 있어요. 아이를 상전처럼 모시고 허락을 받으면 나중에 문제가 됩니다. 자신의 일은 자기가 결정하되 아이와 대화를 나눠서 이해를 구하는 거예요.

그러다 아이가 중학생이 되면 그때부터는 아이에게 크게 신경 쓸 필요가 없습니다. 이때는 오히려 관심을 끊어 주는 게 좋아요. 아이에게 관심을 안 갖는 게 아니라, 아이가 자기 일을 하도록 지켜봐 주는 사랑이 필요합니다.

이처럼 엄마가 직장 생활을 하더라도 아이가 몇 살이냐에 따라 기준을 정하는 것이 현명한 엄마가 되는 길입니다.

3년
육아휴직 제도가
필요해

아이에게는 태어나서 3년까지가 가장 중요한 시기입니다. 그래서 엄마들에게 "직장 생활이 뭐가 중요하냐, 아이를 팽개쳐 놓고 자기 하고 싶은 대로만 하느냐"는 식으로 야단을 치기도 하지만, 사실 엄마들의 마음을 모르는 게 아니에요.

엄마 아빠가 함께 부모가 된 후 아빠는 직장 생활을 하면서도 아빠 역할도 하고 승진도 하는데 엄마라고 해서 왜 그런 마음이 없겠어요. 그래서 엄마들은 "왜 나만 피해를 봐야 하는가?" 하고 문제 제기를 합니다.

하지만 이렇게 자기 권리를 따지다 보면 피해는 고스란히 아이에게 가니 어쩌겠어요. 그뿐만 아니라 아이가 큰 후에는 아이를 버려 둔 인연의 과보가 고스란히 엄마에게 고통으로 찾아옵니다. 이런 이유로 아이와 엄마를 생각해서, 다가올 문제를 예방하기 위해서 미리 아이의 권리를 주장하는 거예요.

수행 차원에서는 무조건 자기를 내려놓으면 문제가 해결됩니다. 하지만 사회적으로는 그렇게 할 수만은 없지요. 또 수행 차원에서는 남편이 바람을 피우더라도 "내가 얼마나 부족하면 당신이 그러겠소" 하고 껴안으라고 합니다. 미움을 갖고 있으면 자신만 괴로워지기 때문이에요. 그렇지 않으면 깨끗하게 헤어지면 됩니다.

하지만 제도적으로 보면 이야기가 달라집니다. 남자가 바람을 피워서 이혼을 할 때 남자에게 손해가 가도록 하는 제도를 만들어야 해요. 그런데 우리가 제도 속에서만 사는 게 아니잖아요. 어떤 조건과 상황에서도 고통받지 않고 마음이 자유로워지는 것이 중요해요. 그래서 수행 차원에서는 항상 용서하고 수용하는 게 자기 자신에게 이로운 거예요.

아이 문제도 내 욕심을 내려놓고 아이를 책임지는 마음을 가지는 것이 좋아요. 왜냐하면 제도라는 것은 금방 바뀌는 게 아니고, 아이는 커 가는데 제도 탓만 하고 있을 수는 없잖아요. 그렇다고 해서 개인에게만 책임을 지우는 게 불교라고 오해하면 안 됩니다. 부처님은 수행 차원에서는 내려놓을 것을 가르치고, 다른 한쪽으로는 살기 좋은 세상, 즉 정토를 건설하라고 하셨어요. 즉 개인적 수행과 함께 제도적으로 바꿔 나가서 아이들의 보육 문제도 해결해야 합니다.

"어떤 희생을 치르더라도 아이가 태어나서 3년까지는 엄마가 키워라."

이것은 아이와 엄마의 마음이 고통받는 것을 염려해서 하는 조언입니다. 사회적으로 제도를 만든다면 아이가 있는 사람에게는 3년 유급 휴가를 주는 방법이 있어요.

가정에서 자라는 아이는 개인의 아이지만 엄마가 아이를 잘 키우면 국가의 중요한 인재가 됩니다. 따라서 국가에서도 산모에게 3년 유급 휴가를 주는 것이 옳고, 그걸 못 해 주면 임금의 절반을 주고 휴가를 주거나 1년만 유급 휴가를 주고 2년은 무급으로 하는 방법도 있어요. 어떻든 간에 우선 제도적으로 출산 휴가를 3년까지 줘야 합니다.

이것이 불가능하다면 회사에서 보육 시설을 갖춰서 엄마가 애를 업고 출근할 수 있게 하든지, 재택근무를 하도록 배려해야 해요. 요즘 컴퓨터로 작업을 많이 하니까 집에서 애를 키우면서 근무할 수 있는 조건을 만들어 주는 거예요.

최근 들어 사회적으로 애를 안 낳는 것이 문제가 되고 있습니다. 먹고살기도 바쁜데 애 낳아서 키우려니 힘들어 아이 낳기를 포기하는 거예요. 아이가 태어나지 않으면 사회의 성장 동력이 줄어들고, 경제적으로도 큰 문제가 됩니다.

설령 출산을 하더라도 아이를 남의 손에 맡겨 놓고 직장을 다니다 보니 애들에게 심리적 불안 현상이 일어나요. 이런 아이가 자라면 우울증에 걸릴 확률이 높고, 증상이 심하면 자살까지 가는 경우도 생깁니다.

아이의 심성을 약하게 만들어 놓아서 심리적으로 불안한 탓인데, 이런 아이에게 공부하라고 엄청나게 압박하니까 버티지를 못 하는 거예요. 결국 제도적으로 보육문제에 신경 쓰지 못한 것이 사회의 건강성을 해치는 결과로 연결되는 겁니다.

앞으로는 부모가 아이를 돌볼 수 있도록 유급 휴가를 주고, 무상교육을 고등학교까지 국가가 책임을 지는 방향으로 확대해 나가야 해요. 이것이 바로 복지사회로 가는 길이에요.

이것을 예산 낭비라고 생각하는 사람들도 있는데 그렇지 않습니다. 국민의 행복 지수를 높이고 자기 사회에 대한 자긍심을 갖게 되면 국민의 생산 의욕이 오히려 높아져요.

옛날에는 헝그리 정신이라 해서 배고파야 죽기 살기로 일하지 배부르면 일을 안 한다고 생각했습니다. 그러나 그런 시대는 지났어요. 지금은 가난해서, 배고파서만 일하는 것은 아니잖아요. 그러니까 개인이 마음 놓고 편하게 일할 수 있도록 복지 환경을 만들어 주면, 사회는 다음 단계로 발전해 나아갈 수 있어요.

그렇지만 엄마 입장에서는 지금의 보육 정책이야 어떻든 아이를 낳으면 3년간은 무조건 직접 키워야 합니다. 회사에서 수용을 안 하면 그건 싸워야 해요. 정당한 권리를 주장하고 변화를 요청하는 겁니다.

그러나 실제로 애 키우기도 바쁜데 엄마들이 나서서 제도를 바꾸기는 어렵습니다. 그리고 아이를 키우는 사람이 싸우는 데 마음을 뺏기면 아이를 제대로 키울 수가 없어요. 어떤 경우에도 아이 키우는 사람은 마음속에 분노가 있으면 안 돼요. 그 부정적인 마음이 아이에게로 옮겨 가기 때문이에요.

따라서 지금 아이를 키우는 사람이 아니라, 아이를 키워 본 사람들과 앞으로 아이를 키울 사람들이 이런 제도를 만드는 데 노력하는 게 좋아요.

사회에서도 여성을 채용하면 육아 휴가를 3년이나 줘야 하니 효용가치가 떨어진다고 생각하면 안 됩니다. 이들은 곧 내 가정의 아내이자 엄마이고, 이들의 아이는 남의 아이가 아니라 우리의 아이이고 결국 사회를 이루는 구성원들이에요. 그러니까 사회·국가적으로 이 문제를 논의하고, 제도로서 자리잡을 수 있도록 노력해야 합니다.

이것을 경제적인 효율로만 따지는 것은 어리석은 생각이에요. 한 아이를 제대로 키우는 것보다 이 세상에 더 경제적인 것은 없어요. 아이가 잘못돼서 가정과 사회에 문제를 일으키고, 뒤

늦게 수습하느라 쏟는 시간과 돈, 노력이 얼마나 큽니까. 아이의 방황과 탈선이 범죄로 이어져서 사회 불안 요소가 되기도 합니다. 가정과 사회의 평화를 위해서도 '3년 육아'보다 더 중요한 건 없습니다.

세 살에서 초등학교 시기,
부모 행동을 따라
배운다

아이가 세 살 때까지는 애를 우선으로 해야 합니다. 그 이후에는 배우자를 먼저 생각하는 것이 아이에게도 좋습니다. 어떤 일이 있어도 남편은 아내를, 아내는 남편을 우선으로 하고, 아이는 이차적으로 생각하는 것이 좋아요.

그래서 남편이 다른 지역으로 전근을 가면 무조건 따라가야 합니다. 아이의 학교 문제를 생각해서 남편과 아내가 따로 살기도 하는데 결과적으로 아이에게 도움이 되지 않습니다. 남편은 아내를, 아내는 남편을 중심에 놓고 세상을 살면 아이는 전학을 열 번 가도 아무런 문제 없이 잘 큽니다.

그런데 가정에서 애를 중심에 놓고 오냐오냐 하면서 부부가 헤어지고 갈라지면 애한테 아무리 잘해 줘도 결국 아이는 망가집니다. 아이는 다른 것보다 가정이 화목한가 아닌가에 가장 크게 영향을 받기 때문이에요. 아이에게 아무리 좋은 것을 해주어도 부모가 화목한 것에는 미치지 못합니다. 부모가 사이가 좋으면 아이는 마음이 편안해져서, 세상에 나가 무엇이든 할 수 있는 힘을 얻습니다.

가정을 평안하게 만든 다음에는 우리가 사는 세상에도 시선을 돌려야 합니다. 자기 자식만 귀엽게 생각하지 말고 이웃집 아이도 귀엽게 생각하고, 내 부모만 좋게 생각하지 말고 이웃집 노인도 좋게 생각하는 마음을 내야 합니다. 그러면 내 삶이 여유로워지고 자식도 좋은 점을 본받습니다. 부모에게 불효하고 자기 자식에게만 정성을 쏟으면 반드시 자식이 어긋나고 불효합니다. 내가 부모를 먼저 생각하면 매를 들고 자식을 가르칠 필요 없이 자식이 저절로 따라 배워요.

우리 아이가 공손하기를 원하면 아내가 남편한테, 남편이 아내한테 공손하면 됩니다. 이것은 남녀 문제가 아니에요. 남녀로서는 부부지간에 평등하지만 자녀를 키우는 엄마로서는 행동을 조심해야 합니다. 엄마는 자녀의 모델이기 때문이에요. 엄마가 밥 먹으면 따라 밥 먹고, 욕하면 따라 욕하고, 성질 내면 따라 성질 내고, 미워하면 따라 미워합니다.

나는 하면서 "너는 본받지 마라" 이게 안 된다는 거예요. '애들 보는 앞에서는 찬물도 함부로 못 마신다'는 옛말도 있잖아요.

이 시기에 아이는 엄마에게 가장 큰 영향을 받고, 그대로 따라 배운다는 사실을 명심해야 합니다. 마치 유전인자처럼 엄마의 심성이 그대로 전이가 돼요. 그래서 아이에게 문제가 생기면 아이를 탓하면 안 되고, 아이를 보면서 나를 돌아봐야 합니다.

세 살부터 초등학교 때까지는 무엇이든 배우기가 쉽습니다. 이 시기에 배운 것은 거의 무의식적으로 터득해요. 인도 운전수들이 운전을 신기에 가깝게 잘하는데, 거기에는 이유가 있어요. 어른이 돼서 운전을 배운 게 아니고 대여섯 살 때부터 아버지가 운전하는 차를 타고 다니면서 차 속에서 살다시피 한 거예요. 그러다 보니 표지판 없는 길도 다 잘 알고, 어디서 어디까지 몇 킬로미터인지도 훤하게 다 압니다.

아이는 부모를 따라 배우는 존재이기 때문에 먼저 부모가 모범을 보이는 게 가장 좋아요. 무조건 알아서 하라고 할 게 아니라 모범을 보이면서 가르쳐야 합니다. 아이와 함께 방청소도 하고 옷도 같이 개는 거예요. 못을 칠 일 있으면 못 통을 들게 하고, 청소할 일이 있으면 걸레 쥐고 따라다니게 하는 게 배움이에요. 일을 시키는 게 아니라 따라 배우게 하는 겁니다.

가정에서 이렇게 교육을 시키면 아이가 밖에 나가서 무슨 문제를 일으키겠어요. 그저 귀엽다고 강아지처럼 키워 놓으니까 아이가 자기 할 일도 못 하고 강아지처럼 노는 거예요. 그러고는 또 아이가 말 안 듣는다고, 자기 방 하나도 제대로 정리 못 한다고 야단을 칩니다.

아이에게 다섯 번 가르쳐서 안 되면 열 번 가르치고, 열 번 해서 안 되면 스무 번 가르친다는 마음을 가져야 합니다. 이때 아이가 잘하지 못한다고 자기 성질에 못 이겨 짜증 내는 엄마들이 있어요. 길을 가다 보면 엄마가 조그마한 애와 맞서 싸웁니다. 이건 엄마의 태도가 아니에요. 특히 엄마는 아이를 신경질적으로 대하거나 화를 내서는 안 되고, 모범을 보이면서 진득하게 기다려 줄 수 있어야 합니다.

아이가 당당하게 크려면 엄마가 심리 불안이 없어야 해요. 흔히 당당하다는 걸 잘못 이해해서 잘난 척하거나 교만한 것으로 알기도 합니다. 그러나 겸손한 것이 당당한 것이지, 교만하고 잘난 체하는 건 열등의식이 있어서예요. 어떤 사람들은 열등의식을 가리기 위해서 명품을 찾고 화장도 특별히 하는 거예요. 마음 안에 당당함이 없기 때문에 그런 식으로라도 포장을 하는 거지요.

어릴 때부터 종의 습성이 들면 비굴해지고, 주인의 습성이 들면 당당합니다. 그래서 아이에게 이래라, 저래라 할 거 없이 행동으로 보여 주는 게 제일 좋습니다. 아빠가 욕을 하면서 아이에게는 욕하지 마라 해 봐야 소용없어요. 아빠가 늦게 들어오면서 자식에게는 일찍 들어오라고 하면, 아빠 없는 날은 늦게 들어옵니다. 왜냐하면 늦게 들어와도 된다는 것을 배웠기 때문이에요. 아빠가 술주정을 하면 아이는 자라면서 '나는 절대로 술주정 안 해야지'생각해도 크면 저절로 술주정을 하게 됩니다. 부부가 만날 싸우고 갈등을 일으키면 아이는 '내가 어른이 되어 결혼하면 절대로 부부 싸움을 안 할 거야'라고 생각하지만 나중에 결혼하면 싸워요. 또 부모가 이혼을 하면 애는 '절대로 나는 이혼 안 할 거야'라고 결심하지만 결혼 생활을 하다가 마음이 안 맞으면 자기도 모르게 이혼하게 됩니다.

이처럼 마음은 생각과 다르게 움직입니다. 마음이라는 것은 길들여진 대로, 습관대로 움직여서 내가 조정하려고 해도 잘 안 됩니다. 아무리 이래야지, 저래야지 하고 결심해도 잘 안 돼요. 무의식에서 나오는 것이라서 그렇습니다.

아이가 세 살에서 초등학교 시기에는 부모를 따라 배우면서 말과 행동, 생활습관을 익힙니다. 따라서 부모부터 자신을 돌아보고 바르게 행동해야 돼요. 피아노 학원, 태권도 학원, 그 밖에 이런저런 학원에 많은 돈을 들여서 보내는 것이 중요한 게 아니에요.

부부가 화목해서 아이의 정서를 안정시키고, 부모가 모범을 보여서 아이가 자연스럽게 배우게 하는 것이 가장 훌륭한 교육이라는 사실을 알아야 합니다.

사춘기,
지켜봐주는
사랑

옛날에 가난한 부모들은 아이가 어릴 때 제대로 보살펴 주지 못해서 아이가 건강하지 못했고 아이들에게 배울 기회를 주지 못했습니다. 그런데 요즘 부모들은 아주 잘 먹여서 아이들의 영양 상태가 좋고, 공부도 많이 시켜서 아이들이 아주 똑똑해요.

그러나 문제는 아이가 사춘기가 되고 대학에 들어가서도 어린애 짓을 한다는 거예요. 이것은 부모가 아이의 자립 기회를 막고 아이 대신 다 해 준 데서 비롯된 겁니다. 부모는 사랑을 준다고 한 것인데, 그게 오히려 아이를 망친 거예요. 아이를 나쁘게 키우려고 그런 게 아니라 아이의 성질을 몰라서, 어떻게 사랑해야 하는지를 모른 데서 비롯된 거예요.

사춘기 아이들은 특징이 있습니다. 어릴 때와 달리 감정과 생각이 자아를 중심으로 다양하게 일어납니다. 인생을 회의적으로 생각하기도 하고, 공부를 하다가 안 하기도 하고, 또 죽고 싶다는 생각도 하고, 슬퍼하기도 하고, 이성에 대해서 눈뜨기도 합니다.

이 시기에 가장 큰 특징은 무엇이든 자기가 직접 해 보려고 한다는 거예요. 그동안은 따라 배우기만 해서 부모가 시키는 대로 가라면 가고 오라면 오고 말을 잘 들었는데, 사춘기가 되면 자기 눈으로 보고 자기 발로 걸어가면서 스스로 하려고 합니다. 주체의식이 생기는 거예요.

부모가 볼 때는 아이가 갑자기 말 안 듣고 반항하는 것처럼 느낄 수도 있습니다. 전에는 "이거 뜨겁다, 만지지 마라" 하면 안 만졌는데 이제는 부모가 "뜨겁다, 만지지 마라" 해도 아이는 손으로 살짝 만져 봅니다. 그러고는 "앗, 뜨거워" 하면서 경험을 하는 거예요. 전에는 뜨거운지 안 뜨거운지 확신을 못 했는데, 이제는 손을 대보면서 '아, 저것은 뜨거운 거구나' 하고 자기 것으로 만듭니다.

단순히 부모의 말을 듣거나 책을 보고 배우는 게 아니라 자기가 중심이 돼서 연구도 하고 경험도 하면서 알아가는 거예요. 또

한 이성 친구를 사귀어서 헤어지기도 하고 가슴앓이도 하면서 인간관계도 경험해 갑니다.

이럴 때 부모가 해 줄 수 있는 것은 지켜봐 주는 겁니다. 넘어지고 자빠질 때마다 일으켜 세워 주는 게 아니라 옆에서 지켜봐 주는 거예요. 이 시기는 시행착오를 거듭해서 실패의 경험을 통해 자아가 성숙해지는 때이니까 안타까워도 기다려 줘야 합니다.

지켜봐 주는 것이 마치 부모 노릇을 안 하는 것처럼 생각되어 마음이 불안할 수도 있고 마음도 아플 거예요. 하지만 자식을 위해서 인내해야 합니다. 이때 지켜봐 주지 않고 간섭하면 아이는 결코 홀로 서지 못합니다.

부모는 따뜻하게 보살핀다고 하지만, 아이는 자립하려는데 부모로 인해 방해받으니까 억압으로 느낍니다. 그러면 부모는 버둥거리는 자식을 돌봐주느라 힘들고, 아이는 부모의 억압 때문에 힘들어합니다. 서로가 서로를 힘들게 하는 거예요.

어릴 때 아이에게 이것저것 챙겨 주며 따뜻하게 돌봐 주느라 힘들었으니, 이제는 아이가 알아서 하도록 내버려 두면 돼요. 그러면 부모도 편하고, 아이는 아이대로 자기 인생을 살 수 있으니까 좋은 거예요.

그런데 부모는 어릴 때 따뜻하게 보살펴 주던 게 습관이 되어서, 애가 컸는데도 따뜻하게 보살펴 주는 사랑밖에 할 줄 모릅니다. 많은 부모가 빠지는 함정이에요.

옛날에는 어릴 때 잘 보살펴 주지 못한 대신에 사춘기 때 간섭하는 것은 없었어요.

지금 부모 세대만 해도 부모의 간섭 없이 사춘기를 잘 넘겼어요. 우리 부모가 교육분야에서 전문가라서 그 시기를 잘 넘겨 준 게 아니고 자식에게 신경 쓸 여유가 없어서 놔둔 거예요. 사춘기 때 간섭하는 사람이 없으니까 아이들은 자연스럽게 이것저것 직접 경험할 수 있는 기회를 갖게 된 것입니다. 자립적으로 크니까 연애도 자기가 알아서 하고, 학교도 자기가 알아서 가고, 직장도 자기가 알아서 들어갔습니다.

그런데 요즘은 혼자 서야 할 시기에 부모가 감싸 버리니까 아이들이 몸만 컸지 여전히 어린애예요. 그래서 대학 가는 것도 혼자 선택하지 못해 부모가 선택해 주고, 결혼도 부모가 짝 맞춰 주고, 집도 사 주고, 직장도 부모가 여기저기 알아봐서 구해 주고, 애 낳으면 애 키우는 것도 부모가 해 주고, 이혼하면 손자도 데려와서 키워 줍니다. 그렇지 않으면 결혼을 안 하고 계속 부모 밑에서 사는 자식을 돌보든지, 심지어 결혼을 해도 부모가 돌봐 주든지 합니다.

그렇게 해서 부모는 죽을 때까지 자식을 안고 살아가게 됩니다. 이것은 자식에게 문제가 있는 게 아니에요. 자식이 자립해야 할 시기에 내버려두지 않고, 연애할 때 연애 못 하게 하고, 방황해야 될 시기에 방황을 못 하게 한 부모 탓입니다. 그 과보로 자

식은 나약해지고, 부모는 늙어서까지 그 대가를 치르는 거예요.

부모가 자식의 자립을 막으면 자식은 반항을 하지만 그렇다고 자립도 못합니다. 자립하려는 것을 막았으니 반항심은 생기는데 막상 어떻게 스스로 서야 할지를 모르는 거예요. 그러다 보니 부모에 대한 고마움은 없고 원망만 가득해요. 결국엔 자립을 못하니까 자식은 부모에게 의지해 버립니다.

야생동물은 일정한 시기가 지나면 다 자립을 하기 때문에 알아서 삽니다. 그런데 집에서 너무 오래 길들이고 계속 먹이를 주면 어떻게 될까요? 나중에 풀어 줘도 못 나가고 도로 집으로 돌아옵니다. 내쫓아도 돌아와요. 나가서 사는 방법을 배우지 못했으니까요.

인간도 마찬가지로 자식을 보호하고 감싸기만 하면 죽을 때까지 자식의 짐을 지고 가야 합니다. 따라서 어릴 때 자식이 자기 생각이나 주체의식도 없이 부모 말을 잘 듣는 것이 반드시 좋은 게 아닙니다. 그걸 알아야 해요.

중학생 정도 나이가 되면 인격적으로 존중하면서 대화를 하는 것이 좋습니다. 대화를 설득의 수단으로 삼거나 부모의 말을 강압적으로 따르게 하는 게 아니라 그냥 얘기를 한번 해 보는 거예요.

"공부하기 싫어?"

"네."

"엄마 아빠도 그때는 공부하기 싫었지."

"진짜요?"

"그럼."

사실 이해가 되잖아요. 시험을 치르기 위해 공부하는 게 좋을 게 뭐 있겠어요. 그러니까 아이를 이해하면서, 자신의 옛 시절도 돌아보면서 대화를 하는 게 좋아요.

"그래도 대학은 가고 싶어?"

"가기 싫어요."

"그러면 뭐하고 싶어?"

아이가 하고 싶은 게 있으면 바로 진로를 열어 주면 됩니다. 만약 대학에 가고 싶다고 하면, 어떻게 해야 할지 그에 대해 이야기를 나누면 돼요.

"소위 말하는 좋은 대학 가고 싶어, 아무 데나 가고 싶어?"

"좋은 대학에 가고 싶어요."

"그러면 우리나라 교육 제도에서는 공부를 열심히 해야 갈 수 있어. 안 그러면 갈 수가 없으니까, 공부하기 싫으면 좋은 대학 갈 생각은 포기하는 게 좋아."

무조건 공부해라, 좋은 대학 가라, 이야기할 게 아니라 아이가 스스로 원하는 것을 얻기 위한 답을 찾을 수 있도록 차분하게 대화를 이어 가야 합니다.

자식의 미래를 위한다며 부모의 생각을 강요하면 아이는 반발해서 튕겨나가 버립니다. 아이가 성장할수록 스스로 알아서 살도록 하는 게 중요합니다. 부모는 다만 지켜보면서 조언을 해 줄 수 있을 뿐이에요.

자식이 다 컸는데도 사랑이란 이름으로 아이 맘대로 하지 못하게 하고 누르는 것은 집착이에요. 어려서 돌봐 줘야 할 때 돌보지 않으면 그것이 병이 되고, 다 큰 후에 자꾸 간섭을 하면 억압 심리가 생겨 저항을 하게 됩니다.

그러니까 중고등학교 시절에는 조금 힘들더라도 가능하면 자녀가 스스로 경험할 수 있도록 지켜봐 주는 게 진정한 부모의 역할이에요. 어떤 일이든 지켜보다가 세 번, 네 번 문제가 반복되면 그때 주의를 주는 게 좋습니다. 아이가 시행착오, 즉 실패한 경험을 갖게 하고 그 과정에서 뭔가 자각할 수 있도록 기회를 주는 게 중요해요.

성년기 자녀에게 주는
최고의 선물,
냉정한 사랑

사랑은 단계별로 크게 세 가지로 나눠 볼 수 있습니다. 첫째, 정성을 기울여서 보살펴 주었을 때의 사랑이 있습니다. 아이가 어릴 때는 정성을 들여서 헌신적으로 보살펴 주는 게 사랑이에요. 둘째, 사춘기의 아이들은 간섭하고 싶은 마음, 즉 도와주고 싶은 마음을 억제하면서 지켜봐 주는 게 사랑입니다. 셋째, 성년이 되면 부모가 자기 마음을 억제해서 자식이 제 갈 길을 가도록 일절 관여하지 않는 것을 중심으로 삼는 냉정한 사랑이 필요합니다.

그런데 우리나라 엄마들은 헌신적인 사랑은 있는데 지켜봐 주는 사랑과 냉정한 사랑이 없어요. 이런 까닭에 자녀 교육에 대부분 실패합니다. 자식이 스무 살, 서른 살, 마흔 살인데도 아들딸 문제로 고민하고, 심지어는 손자 손녀 문제로 걱정합니다. 그것은 누구 탓도 아니고 본인이 어리석은 마음을 내서 스스로 무거운 짐을 만든 거예요.

지금 우리 부모들은 아이를 명문 대학에 보내는 것을 지상 과제로 생각해서, 아이가 아무것도 하지 않고 공부만 하도록 합니다. 그러나 명문 대학 가는 게 중요한 게 아니에요. 자기 인생을 스스로 헤쳐 나가지 못 하면 부모가 어떻게 자식의 인생을 감당할 거예요?

자립해야 할 때 스스로 서게 하고, 스무 살이 넘으면 무조건 집에서 쫓아낸다는 생각으로 자기 인생을 스스로 책임지도록 강인하게 키워야 합니다. 그러려면 어릴 때부터 이것저것 스스로 해 볼 수 있도록 훈련을 시켜야 해요. 그런 다음 자식이 스무 살 넘으면 자식 인생에 일절 간섭을 안 해야 합니다.

옛날부터 이런 말이 있습니다.

"아들을 낳아서 남의 머슴살이를 시키면 부모를 봉양하며 효자가 되고, 논 팔아서 대학 공부를 시키면 불효자가 된다."

예전 아이들은 키울 때 키우기만 힘들었지 열다섯 살, 열일곱 살, 스무 살만 되면 일꾼 노릇을 톡톡히 해냈습니다. 머슴살이를 하든 뭘 하든 돈을 벌어서 부모를 봉양했어요. 그러니까 애를 많이 낳으면 부모는 오히려 든든했습니다. 키울 때 힘은 들지만 자식이 다 재산이 돼서 부모를 도와줬거든요.

그런데 지금은 거꾸로 됐어요. 자식이 다 컸는데도 부모가 집착을 못 버리고 강아지처럼 키워서 부모가 자식을 평생을 먹여주고 돌봐 줘야 하는 신세가 되었습니다. 지금 50대, 60대 어머니, 할머니와 상담을 하다 보면 다 자식 걱정입니다. 나이가 들면 근심 걱정이 없어져야 하는데 오히려 더 많은 거예요.

"대학, 대학원까지 공부하고 외국에 나가 공부하고 왔는데, 다시 공부하러 나간답니다. 뒷바라지하기도 힘들고, 결혼은 언제할지 걱정입니다."

이렇게 나이 든 자식 공부 뒷바라지에 결혼 문제까지 걱정이 태산입니다. 스무 살이 넘으면 성년이에요. 성년이란 한 사람의 독립된 인간이란 뜻입니다. 뭘 하든 자기 인생, 자기가 살도록 자식 일에 부모는 관여할 필요가 없어요. 장가를 가든, 혼자 살든, 스님이 되든, 사업을 하든, 취직을 하든, 유학을 가든 본인 인생이니 자식은 스스로 살 권리가 있어요. 부모라도 더 이상 간섭하면 안 돼요. 자꾸 걱정하고 도와주려는 그 마음을 딱 끊어야 합니다.

자식이 "엄마, 저 무슨 일 하면 좋겠어요?" 하고 물어요. 이때 "아이고, 네 인생 네가 살지, 내가 어떻게 알겠니. 나도 지금 이렇게 헤매는데 내가 너의 인생에 어찌 간섭하겠냐? 공부 많이 한 네가 잘 알지. 엄마는 모른다, 그런 거" 이렇게 정을 딱 끊어 버려야 해요.

"아들이 나이가 마흔인데도 결혼을 못 하고 있습니다."

이렇게 자식이 결혼을 못한다고 걱정하는 부모도 많습니다. 이 문제 역시 자식이 어릴 때 부모가 나서서 연애할 기회를 막아 버려서 그렇습니다. 사춘기 때 이성도 사귀어 보고, 실패도 하고, 가슴앓이도 해야 연애도 할 줄 알게 됩니다.

그런데 그 시간에 무조건 공부만 하라고 이성 교제를 막아 버리니까 사람 사귈 줄을 모르는 거예요. 그러고는 나이 들어서야 자꾸 사귀라고 강요를 합니다.

자식이 연애할 줄을 모르니까, 결국 짝 맞춰 결혼시키는 것도 부모의 책임으로 돌아와요. 중고등학교 때 이성 친구를 사귀어 보면 나중에도 자기가 알아서 결혼 상대를 맞춰 오니까 부모는 허락만 해 주면 됩니다. 부모가 찾으러 다닐 필요가 없어요. 결국 자식의 결혼을 책임져야 하는 무거운 짐도 다 부모가 지은 거예요.

자식의 입장에서는 자립할 시기에 부모가 자립을 막았기 때문에 '죽을 때까지

부모가 책임져라' 하는 심리가 있어요. 그래서 부모가 아무리 도와줘도 고마움이 없고 원망만 있습니다. 이것은 자식과 부모 모두에게 불행한 일이에요. 이런 일을 '자업자득'이라고 합니다.

부모 입장에서는 자식 잘되라고 그리 했는데 결과가 기대하던 게 아니라서 억울하겠지만, 다른 누구도 아닌 본인의 탓이라는 걸 알아야 해요.

나이 들도록 결혼 안 하는 아들을 장가보내는 것은 간단합니다. 집에서 내보내면 돼요. 엄마가 밥해 주고 빨래해 주고 뒤치다꺼리 다 해 주니까 아쉬운 게 없어요. 성적인 문제 빼고는 엄마가 다 해 주니까 장가갈 필요성을 별로 못 느끼는 겁니다. 현실적으로 얘기하면 무조건 쫓아내는 게 제일이에요. 쫓아낸 후에도 밥을 사 먹든지 이불 빨래를 못해서 지저분하든지 해도 절대로 도와주면 안 돼요.

그러다 보면 결혼에 대한 필요성을 절실히 느끼게 되고, 눈도 조금 낮아집니다. 지금은 엄마가 다 해주고 특별히 아쉬운 게 없으니까 웬만한 여자는 눈에 안 들어오는 거예요. 이런 자식들을 바로 캥거루족이라고 하는데, 이것은 다름 아닌 엄마들의 자식에 대한 집착 때문에 생기는 문제예요. 엄마가 세상 떠나면 금방 장가갑니다. 딸도 스무 살 넘으면 무조건 집에서 쫓아내는 게 제일이에요. 가능하면 돈은 안 주는 것이 좋고, 돈을 주더라도 최소한의 액수만, 그것도 빌려 줘야 자립심이 생깁니다.

그렇게 자생력을 키워 주는 것이 부모가 자식에게 해 줄 수 있는 최고의 선물이에요. 그런데 정신적인 유산은 주지 못 하고, 물질적 재산만 물려주는 탓에 오히려 자식을 망치는 경우가 많습니다.

"직장을 다니다 말다 하면서 힘들어하기에 집으로 들어오라고 했더니, 그 후로 카드 독촉장이 날아오기 시작했습니다. 처음엔 갚아 주다가 화가 나서 안 갚아 줬는데, 취직도 안 되는 거 같고 신용불량자가 될까 봐 겁이 납니다."

이렇게 상담을 해 온 어머니가 있습니다.

어디 가서 막노동을 하든 뭘 하든 자기 인생 자기가 살도록 놔둬야 하는데 자식이 좀 힘들어한다고 "그런 회사 다닐 필요 없다, 그만두고 집으로 와라" 하니까 부모에게 의지하고 책임감 없이 행동하는 거예요.

만약 성인이 된 자식이 손을 벌리면 "빌려주긴 하겠지만 공짜는 아니야. 매달 몇 퍼센트씩 갚을래?" 하고 차용증을 쓰고 빌려주든지 해서 자식을 어른으로 대해야 합니다. 엄마부터 자식을 어른으로 대우해야 자식이 어른이 되는 거예요. 세상 사람이 어른으로 대우해 주지 않는다 해도 엄마가 먼저 자식을 어른으로 대우해야 자식이 잘됩니다.

자식이 알아서 하도록 내버려 두면 걱정할 게 전혀 없어요. 이 것저것 챙기고 간섭하려니까 힘들고, 도와주려니 그것도 걱정이 죠. 간섭도 하지 말고 도와주지도 말아야 합니다. 정을 딱 끊는 게 제일 좋아요.

그리고 자식을 도와주려는 마음도 잘 살펴봐야 합니다. 결국 카드 빚 갚아 준 것도 자식이 안쓰러워 준 거잖아요. 그러니까 괴로운 자신의 마음을 달래기 위해서 쓴 것이지 자식을 위해서 쓴 게 아니에요. 그걸 착각하면 안 됩니다.

자식을 위해서 준 게 아니라, 그것을 보는 내 마음이 아파서 준 것이기 때문에 자식의 인생에는 전혀 도움이 안 돼요. 그러다 보면 나중에는 자식과 원수가 됩니다. 나 자신을 위해서 주었으 면서 "너를 위해서 줬다" 이렇게 말하면 서로 원수가 될 수밖에 없지요.

이런 경우는 집안이 살 만하기 때문에 문제를 해결하기가 더 어렵습니다. 엄마가 마음이 약해질 때마다 돈을 대 줄 수밖에 없 으니, 자식을 정말 잘 키우려면 재산이 없어야 해요. 그러면 자 식은 금방 자기 살 길을 찾아가게 됩니다.

그런데 이 부모는 냉정하게 결단을 못 내려요. 자식을 위해서 는 정말 그렇게 해야 하는데 실천을 못 합니다. 부모가 가진 게 있으니까, 자식은 자꾸 거기에 기대려 하기 때문에 문제 풀기가 쉽지 않습니다. 길이 없는 게 아니라 부모가 못 하기 때문에 풀 수 없는 거예요. 지금 자식에게 돈을 더 이상 주지 않고 딱 끊는 다 해도 자식이 죽는다 하면 또 줄 수밖에 없잖아요. 이게 바로 부모의 딜레마예요.

자식이 스무 살이 넘었는데 엄마가 자꾸 신경을 쓰면 의지하게 되고, 엄마가 앉아서 굶어죽을 정도가 되면 자식들이 다 알아서 엄마를 먹여 살립니다. 집안이 망했을 때 남편만 믿고 "우리 가족은 당신만 믿고 삽니다" 하고 바짓가랑이 잡고 집에 가만히 있으면 남편이 막노동을 하든 뭘 하든 다 먹여 살려요.

이때 남편에게 "에잇, 당신은 앉아 있어요. 제가 나가 돈 벌어 올게요" 이러면 남편이 평생 아내에게 의지하게 되는 거예요.

어떤 인생을 살 것인가는 스스로 결정해야 합니다. 남편에게 의지해서 살겠다고 정하면 굶을 각오를 해야 하고, 굶을 각오가 없으면 본인이 나가서 돈을 벌어 지원해야 합니다.

자식들이 자기 인생을 살아야 한다고 생각하면 대학 들어간 후에는 학자금을 벌든 안 벌든 지원을 끊으면 돼요. 그러면 자식이 다 알아서 자기 인생을 꾸려 나갑니다.

자식이 스무 살 넘으면 독립된 인간으로 존중하고 내 자식이라는 생각을 버려야 해요. 그래서 지원도 하지 말고 간섭도 안 해야 합니다. 걱정도 하지 말아야 해요.

그런데 다 큰 자식에게 늘 이런저런 간섭을 하고 조바심을 내면서 묶어 두려 합니다. 대부분의 부모가 스무 살이 된 대학생이나 대학을 졸업하고 직장 다니는 자식들이 나가서 산다고 하면 "편한 집 놔두고 왜 사서 고생을 해"라면서 못 나가게 하잖아요.

이러다 보니 부모가 자식을 평생 동안 지원하며 살게 되는 거예요.

스무 살이 되면 정을 완전히 끊어 줘야 합니다. 그것이 부모가 자식을 지혜롭게 사랑하는 방법입니다. 따라서 대학에 진학하면 학비를 대 주지 말고 스스로 융자를 받게 하여 졸업하면 갚도록 해야 합니다. 도저히 안 되면 무이자로 차용증을 써서 빌려 주고 직장에 다니면서 갚도록 하는 게 좋아요.

이것이야말로 성년이 된 자식을 제대로 사랑하고 성장시키는 최고의 교육 방법이에요.

나이별로
지혜롭게
대응하기

자식이 커 가고 부모가 나이 들어 가면서 나이 변화에 따른 시기별 특성이 달라집니다. 부모도 거기에 맞게 대하면 순리에 어긋나지 않아서 자식에게도 좋고 부모에게도 좋습니다. 또 나이가 들면 늙은 사람의 특징이 있어요. 늙은이는 변하지 않는다는 거예요. 몸도 이미 굳어서 유연하지 않고 거동도 불편하지만, 특히 마음이나 정신이 굳어서 더 이상 바뀌지를 않아요.

친정 부모든 시부모든 노인을 모시고 살다 보면 갈등이 생기는데, 이때도 노인의 특성을 알면 크게 충돌하지 않을 수 있습니다.

노인들은 젊은 사람을 만나면 나름대로 자기 견해를 말합니다. 이래라 저래라 하죠. 그런데 자식 입장에서는 똑같은 얘기를 계속한다고 생각합니다. 그래서 부모가 하는 얘기를 다 잔소리로 받아들여요. 그러나 부모는 잔소리를 하는 게 아니에요. 생각이 바뀌지 않아서 똑같은 얘기를 계속 하는 것일 뿐입니다.

자식이 아무리 부모에게 얘기해도, 부모가 변할 가능성은 거의 없습니다. 그런데도 부모의 말이나 행동을 못마땅하게 여겨 "어머니 그러면 안 돼요, 아버지 그러면 안 돼요" "이래야 해요, 저래야 해요" 이렇게 얘기합니다.

부모의 말이 듣기 싫고 그것 때문에 괴로우니까, 부모가 바뀌었으면 좋겠다는 생각으로 자꾸 이야기를 하는 거지요. 그런데 부모는 안 바뀌는 존재예요. 안 바뀌는 존재인데 자꾸 바뀌기를 바라니까 결국 자기만 괴로워져요. 그래서 부모와의 사이에 갈등만 깊어집니다.

그러면 부모를 어떻게 대해야 갈등이 없을까요? 항상 맞춰 주는 거예요. 어머니가 뭐라고 해도 "네, 알았습니다. 그렇게 하겠습니다" 이렇게 맞추는 겁니다. 아버지가 뭐라고 해도 맞춰 주는 거예요. 그러면 이렇게 반발하는 사람이 있습니다.

"틀린 얘기를 하는데 어떻게 맞춥니까?"

그러나 사실은 틀리고 옳은 게 없습니다. 옳으니 그르니 하는 것은 다 내 마음이 짓는 것이지, 본래 옳은 것도 그른 것도 없어요. 부엌에 가면 며느리 말이 옳고, 안방에 가면 시어머니 말이 옳다는 말이 있습니다.

'옳다 그르다' 하는 것은 각자의 견해일 뿐이에요. 교회에 가면 교회 얘기가 옳고, 절에 가면 절 얘기가 옳고, 일본에 가면 일본 사람 말이 옳고, 한국에 가면 한국 사람 말이 옳은 거예요. 남북한 관계에서도 북한 쪽에 가서 보면 남쪽이 문제이고, 남한에서 얘기하는 거 보면 북한이 참 문제예요. 전라도에 가서 물어보면 경상도가 문젠데, 경상도에 가서 물어보면 전라도가 문제예요. 아내의 얘기 들어보면 다 남편이 문제고, 남편에게 물어보면 다 아내가 문제예요. 부모에게 물어보면 자식이 문제라는데, 자식에게 물어보면 다 부모가 문제라고 합니다.

견해라는 것이 다 자기 입장에서 갖는 생각이기 때문에 서로 다를 수 있다는 걸 알아야 해요. 특히 늙은 부모의 생각은 자식이 바꿀 수 없다는 사실을 알면 됩니다. 그런데 이걸 모르고 자꾸 바꾸려고 시도하다가 뜻대로 안 되니까 화를 내고 짜증을 냅니다. 결국 문제는 해결되지 않고, 부모도 자식도 괴로워져요. 시기별로, 세대별로 인간의 특징이 있으니 그것을 알고 맞춰 대응하면 갈등이 줄어들어요. 어린아이는 따라 배우기 때문에 자꾸 말로 가르치려 들지 말고 모범을 보이면 됩니다. 부모는 안 변하는 존재이기 때문에 내 생각을 고집하지 말고 그분 생각대로 맞춰 주면 돼요. 노인은 어머니든 아버지든 할아버지든 할머니든 다 노인의 특징을 가지고 있어요. 신부님이든 스님이든 목사님이든 정치인이든 다르지 않아요.

자식이 부모를, 아랫사람이 윗사람을 자꾸 이래라 저래라 고치려고 하면 본인만 괴로워집니다. 내 배 속에서 낳은 애도 내 말을 안 듣는데 나를 낳아서 나를 어린애 취급하는 부모가 자식 말을 듣겠어요? 부모니까 자식 말 안 듣는 것도 있지만, 늙은 사람의 성질이 기본적으로 안 변해서 그러기도 해요. 그래서 시어머니든 친정 부모든 노인을 모실 때는 이 성질을 맞추는 것이 좋습니다.

이처럼 성질을 알고 맞춘다는 것은 지혜입니다. 먼저 상대를 살펴보고 성질을 알면, 어떤 관계든 이해하고 풀어 나가는 데 큰 도움이 됩니다.

상대의 성질에 대해서 잘 모르기 때문에 자기 생각대로 상대를 이해하고 바꾸려 들기 때문에, 관계에 문제가 생기는 거예요. 나이대별로 심리적 특성이 다르다는 사실을 알면 부모와 배우자, 자식을 좀 더 깊게 이해할 수 있어요. 거기에 더해서 개인의 성질을 잘 살펴서 이해하고 거기에 맞춰 대하면 인간관계에 갈등을 만들지 않고 행복한 인연을 만들 수 있습니다.

2장

부모 성품이
아이를
물들인다

내 울타리에
가두지
마라

자식이 얼굴 예쁘고, 키 크고, 스펙을 갖추면 좋아하는 부모들이 있습니다. 이런 아이들은 부모만 좋아할까요? 아닙니다. 누구라도 이런 아이는 좋아합니다.

그런데 오늘날 많은 엄마들이 자식을 남 보기에 좋은 물건처럼 취급합니다. 얼굴 예쁘고 신체 건강하고 공부 잘하고 말 잘 듣는 아이는 엄마가 아니라도 좋아합니다.

겉으로 보이는 조건을 갖춰 주려고 애쓰는 대신 우리 아이에게 어떻게 마음의 안정을 줄까, 어떻게 사람답게 자라도록 도울까, 이런 것들에 신경을 쓸 때 진정한 부모라 할 수 있습니다.

"중학생 아들이 게임에 빠져 공부도 안 하고 학교에도 안 가려 해서 걱정이에요."

그러면서 "어떻게 기도해야 아이가 학교도 잘 가고, 공부도 잘하고, 운동도 좀 하고, 엄마 아빠 말도 잘 듣는 착한 아들이 될 수 있을까요?" 이렇게 물어온 분이 있었어요. 질문에서도 알 수 있지만, 엄마가 욕심이 참 많습니다. 바로 이런 욕심이 아이를 잡는 겁니다. 엄마가 이렇게 생각하니 아이는 숨을 쉴 수가 없어 자꾸 도망가는 거예요. 욕심을 버리지 않으면 아이는 점점 더 나빠집니다. 아이를 위해서 이렇게 기도해야 합니다.

'학교만 가도 고맙습니다.'

'그래도 게임이라도 하니 다행입니다.'

게임 안 하고 밖에 나가서 도둑질이나 강도질이라도 하면 큰일이잖아요. 그래도 사고 치지 않고 집에서 게임을 하니 얼마나 고마운 일이에요. 이렇게 부모는 자식에 대해서 긍정적으로 생각해야 합니다. 이 엄마에게 필요한 것은 아이를 믿어 주는 마음이에요.

'그래, 우리 아이 잘하고 있다' 이렇게 긍정적으로 생각해야 합니다.

엄마가 '내 아이가 이랬으면 좋겠다'는 울타리를 쳐 놓고 아이에게 그 안에서만 놀라고 요구하는데, 그것은 불가능해요.

지금 아이가 사춘기잖아요. 이때는 자기 마음대로 해 보고 싶어 하는 시기인데, 엄마가 그걸 무시하고 가두려 드니까 도망가는 거예요. 아이가 게임에 빠지는 것도 하나의 도망이고 저항이에요. 엄마에게 이런저런 말을 해 봐야 안 먹히니까 게임에 빠져드는 겁니다.

이 엄마는 아이를 믿어 주지는 않고 기대치만 높아요. 아이가 거기에 못 미치니까 불만스러워하는 마음이 밑바닥에 깔려 있습니다. 그 마음을 아이도 느끼기 때문에 현실을 회피하고 엄마를 피해 무언가 몰두할 곳을 찾는 거예요.

흔히 부모들이 자식의 부족한 점을 보면서 '우리 아이 잘되게 해 주세요'라고 기도합니다. 그러나 이것은 '우리 아이가 지금 잘못되고 있어요'라고 말하는 것과 같습니다. 또 여기에는 우리 아이가 잘 안 될 거라는 전제도 깔려 있습니다. 안 될 것 같으니까 잘되게 해달라는 거예요.

엄마가 자식을 보고 안 될지도 모른다고 생각하는 것은 무의식에 불신이 깔려 있는 겁니다. 엄마가 자식을 못 믿는데 이 세상 어느 누가 그 아이를 믿어 주겠어요. 이 기도는 화를 자초하는 것입니다.

그러면 어떻게 기도해야 할까요?

'부처님, 우리 아이는 아무 문제가 없습니다. 다 잘될 거예요. 감사합니다.'

이렇게 긍정적으로 기도해야 합니다.

만약 자식이 넘어졌다면 다시 일어나면 되니까 그것도 잘되고 있는 겁니다. 혹시 실패했더라도 다시 일어나면 되니까 그것도 잘되고 있는 중입니다.

이렇게 기도하다 보면 부모가 자식에 대한 믿음이 생기고, 부모가 믿어 주면 자식도 용기가 생겨 어려움을 극복해 나갈 수 있습니다.

어려운 일이 생겨도 엄마가 믿어 주고 "괜찮아, 너는 잘될 거야", "그래, 너는 잘하고 있어. 엄마는 믿어" 이렇게 말해 줘야 합니다.

믿어 줘야 한다고 해서 자식이 나쁜 짓을 했는데도 잘했다고 칭찬하라는 것은 아닙니다. 다음과 같은 다섯 가지는 잘못임을 알려주고 지적해야 합니다.

첫째, 사람을 때리거나 죽이는 일
둘째, 남의 물건을 뺏거나 훔치는 일
셋째, 상대를 사랑할 때 성추행이나 성폭행처럼 상대의 의사에
　　　반해서 강제적으로 사랑을 표현하는 일
넷째, 거짓말을 하거나 욕하는 일
다섯째, 술을 취하도록 마시는 일

이렇게 다섯 가지 경우 외에 다른 문제들은 자식을 믿고 자식

에게 맡기면 됩니다. 그러면 자식이 잘못될 일이 없습니다.

"내가 알아서 할게" 하면
기뻐해라

아이들이 부모 말을 안 듣고 도대체 대화가 안 된다며 하소연하는 엄마들이 있어요.

"중학교 2학년, 중학교 3학년 아이들이 제 말과는 반대로만 하려 들고 대화도 잘 안 됩니다. 자기 일은 자기가 알아서 한다면서 제 관심을 무조건 잔소리라고 치부합니다. 스님 법문을 들은 후, 어려서 부모님의 이혼으로 아버지 사랑을 못 받고 자라면서 쌓아 온 원망 때문에 아이들에게 제대로 못하는 건 아닐까 해서 수행도 하고 있습니다. 하지만 여전히 아이들에 대해서는 집착을 놓기가 어렵습니다. 또 공부를 열심히 안 하고 게으른 모습을 볼 때면 화가 치밀어 오릅니다."

만약 아이가 "내가 알아서 할게"라고 말하면 부모는 기뻐해야 합니다. 아이가 알아서 다 하면 부모가 짐을 덜잖아요. 그런데 부모는 왜 아이가 알아서 하면 안 된다고 생각할까요?

부모들도 자신들의 중학교 시절로 돌아가서 한번 살펴봅시다. 그 시절에는 어른들이 아이들에게 극장에 영화 보러 가지 말라고 했는데, 그럼에도 불구하고 몰래 보러 갔다가 걸려서 정학 당했던 아이들이 있었어요. 어른들 시각으로 보면 문제라고도 할 수 있지만 다른 측면에서 보면 호기심이 왕성하다고 볼 수도 있어요. 그 옛날 소풍 가서 술 먹고 기절해서 손수레에 실려 갔던 아이들도 지금 잘 살고 있습니다.

어찌 보면 요즘 아이들이 그때보다 더 잘 먹어서 발육도 좋고 텔레비전, 인터넷을 통해 보고 들은 게 많아서 훨씬 더 조숙하다고 할 수 있어요. 아이들은 보고 들은 것을 그냥 따라 배우는 것이지 다른 뭔가가 있는 건 아니에요.

따라 배우기 잘하는 아이들은 남 핑계를 잘 댑니다. 절에서 사는 아이가 새벽 예불을 안 하기에 "왜 예불을 안 하니?" 하고 물었을 때 "아이고, 죄송합니다" 이렇게 말하는 아이는 없어요.

"아무개 형도 안 하던데요."

이런 식으로 아이들은 항상 누군가를 보고 핑계를 댑니다. 부모가 애들을 야단치면 말은 안 하지만 속으론 이렇게 대꾸합니다.

'그럼 엄마는?'

아빠가 왜 늦게 들어오느냐고 야단치면 속으로 이럽니다.

'그럼 아빠는?'

"너 왜 엄마 말 안 들어?" 하면 속으로는 이럽니다.

'엄마는 아빠 말 들어?'

아이들은 엄마 아빠의 말과 행동을 다 보고 있기 때문에 야단을 치면 항의하다가, 더 야단치면 획 일어나서 방에 들어가 문을 닫아 버립니다. 그러고는 엄마가 따라 들어올까 싶어 문을 잠가 버려요. 일종의 저항이에요. 힘이 있으면 같이 대들 텐데, 아직 힘이 없다 보니까 이런 방식으로 저항하는 겁니다.

그러면 엄마는 분이 나서 어쩔 줄을 모릅니다.

"엄마 말도 안 듣고, 저 버릇없는 놈."

이렇게 혼자 씩씩대잖아요. 하지만 이렇게 충돌하면 할수록 교육 효과는 없어집니다.

엄마의 잔소리에 밀려 방에 들어가면 아이가 책상에 앉아 공부할까요? 침대에 벌렁 누워서 한숨을 쉬거나 음악을 틀어 놓거나 게임을 합니다. 공부하고는 거리가 멀어져요.

사실 엄마가 바라보는 아이의 모습은 엄마 생각이 투영될 때가 많습니다. 아이가 계속 공부하다가 잠시 내려와서 게임을 하고 있는데, 엄마가 외출했다가 그 모습을 봅니다. 그러면 난리가 나지요. 공부도 안 하고 게임만 한다고 야단치잖아요. 그런데 아이가 하루 종일 게임하다가 엄마가 올 때쯤 방에 가서 공부하는 척하고 있으면 아무 문제가 없어요.

이것을 봐도 자녀 문제는 사실은 자녀의 문제가 아니고 부모가 시선을 어디에 두느냐의 문제임을 알 수 있습니다. 그래서 부모가 자기 성찰을 해야만 자녀 교육 문제를 해결할 수 있어요.

"스님, 우리 애를 만나서 상담 좀 해 주세요."

많은 부모들이 이렇게 요청하지만 저는 아이들 상담은 거의 안 합니다. 사실 아이들은 상담하면 쉽게 문제를 해결할 수 있어요. 어른들보다 훨씬 쉽게 고쳐집니다.

그러나 아무리 아이를 고쳐 놔도 부모가 있는 가정환경으로 돌아가면 다시 원래 모습을 보이고 맙니다. 결국 아무런 도움이 안 되는 거예요.

"우리 아들에게 좋은 말씀 좀 해 주세요, 스님."

"무슨 좋은 말을 해줍니까?"

"스님께서 항상 좋은 말씀 해 주시는 거 있잖아요."

엄마들에게 남편 말 잘 들으라고 이야기하듯이, 아이에게도 엄마 말 잘 들으라고 얘기해 달라는 거예요. 엄마가 원하는 것은, 엄마가 "공부해라" 그러면 아이가 "예" 하고 선선히 대답하고 따라주기를 바라는 거예요.

하지만 아이와 상담할 때는 아이 편이 돼서 아이에게 제일 좋은 선택의 길을 열어 줘야 합니다. 공부가 너무 하기 싫고, 심지어 무거운 짐처럼 느껴지는 아이에게 엄마의 바람대로 "공부해라"고 하면 아이에게 도움이 될까요? 아이는 심각한 정신적인 고통을 겪고 있는데 엄마가 원하는 대로 공부만 하라고 할 수는 없잖아요.

아이의 인생을 하나의 인격체로 생각하면 엄마의 욕심대로 이야기해 줄 수가 없습니다. 그래서 아이의 상태가 심각하면 "공부고 뭐고 당장 휴학해라." 그 자리에서 말합니다. 그러면 부모는 한창 공부해야 할 아이에게 공부를 그만두고 쉬라고 했다고 펄쩍 뛰는 거예요.

이것은 정말로 아이의 인생을 생각하는 부모 마음이 아닙니다. 아이가 남과 같은 인생을 살지 않는다고, 거기에만 매달려서 아이가 죽을지 살지도 모른 채 아이를 벼랑 끝으로 밀고만 있어요.

이런 상황에서는 아이를 상담해 봐야 문제가 해결되지 않습니다. 더구나 아이가 자신의 인생을 살지 못 하고 부모의 뜻대로 조정되는 한 아무것도 달라지지 않아요. 아이가 스스로 주인이 되지 못 하고 그 뒤에 주인이 따로 있으므로 상담은 아무 소용이 없지요.

아이를 위한다면
먼저 배우자를
존중하라

초등학교 졸업할 때까지는 의젓
하고 공부도 잘하던 중학생 딸이, 사춘기가 되면서 우울증과 불
안 증세를 보이고 병원에서 과잉행동장애 진단을 받았다며 걱
정하는 엄마가 있어요.

그러면서 이 엄마가 이런 말을 합니다.

"남편은 아이를 많이 사랑하고 굉장히 자상합니다. 저는 좀 소
극적이지만 잘 참고 옆에서 지켜보는 엄마였습니다. 그런데 남
편은 주의력결핍과잉행동장애ADHD가 있는지 약간 다혈질이에
요. 그게 제 성격하고 안 맞아서 저도 모르게 아이들 앞에서 자

주 남편을 구박했나 봐요. 그럴 때면 남편이 평소와 다르게 폭발했는데, 그게 이해가 안 돼서 화가 많이 났지만 저 나름대로 인내했습니다. 아무튼 남편과 저는 아이와 많이 놀아 주고자 노력했고 공부하라는 잔소리도 별로 안 하고 아이를 존중했는데, 아이는 부모가 자신을 존중해 주지 않았다며 비난합니다. 아무것도 간섭하지 말라고 하는데, 어찌해야 할까요?"

이 엄마의 말은, 부모는 아이를 있는 그대로 지켜봐 주고 있고 부부 사이도 좋다는 거예요. 그런데 가만 보니 그렇지도 않아요.

결국 엄마는 아이에게 기질적 문제가 있어서 그런 거지 자신의 문제는 아니지 않느냐, 나는 아이를 존중해 주려고 애썼다, 그러니 내가 잘못 살아서 생긴 문제가 아니다, 라는 이야기를 하고 싶어 하는 것 같습니다.

그런데 잘 살펴보면 그 생각과 달리 엄마가 문제예요. 우선 아이들 앞에서 자주 남편을 구박해서 남편이 화나도록 했다는 것은, 내가 상대를 잘 이해하고 그에 맞게 대처하지 못한다는 얘기입니다. 상대에 대한 배려가 부족한 거지요. 남편이 다혈질이란 걸 알면 안 건드리면 됩니다. 자기 성질대로 남편을 건드려 놓고 남편이 다혈질이라 화를 낸다고 말하면 어리석은 거예요. 다혈질이라는 걸 알면 그런 문제가 일어나기 전에 자신이 숙여 주면 되잖아요.

남편이 다혈질이어서 나도 스트레스를 많이 받았다는 것은 내 마음에 그 상처를 담아 두고 있다는 얘기예요. 남편이 화를 내면 '내가 이해심이 부족했구나, 배려가 부족했구나' 이렇게 알아차리고 참회하면 돼요. 그러면 나한테 상처가 안 됩니다.

그런데 '저 인간이 또 미쳐 날뛴다'라고 상대 탓을 하며 마음에 담아 두면 자신에게 큰 상처가 돼요. 그리고 그 마음이 아이에게 나쁜 영향을 줍니다. 어린아이들 앞에서 부모가 꼭 치고받고 싸워야 나쁜 영향을 주는 게 아니에요. 아이가 우울증 기질이 있다면 엄마한테 그런 성질이 있다고 볼 수 있어요.

우선 엄마가 말을 좀 줄이고, 남편이 뭐라고 하면 "네, 알겠습니다"라고만 대답하는 게 좋아요. 입을 다물라고 했다고 대답조차 안 하면 오히려 남편의 분노를 삽니다. 무시한다고 느끼기 때문이에요. 남편이 벌컥 화를 내고 비이성적으로 폭발한다면, 아내가 두 가지 유형인 거예요. 하나는 잔소리하며 따지든지, 안 그러면 묻는데도 대답을 안 하고 외면하는 겁니다. 그러면 상대가 비이성적으로 폭발을 하게 돼요.

지금 이 엄마는 아이를 생각해서 잔소리를 하지만, 아이는 애정을 못 느끼고 있어요. 그러다 보니 엄마가 해 준 게 없다고 생각하고, 귀찮게까지 여기는 거예요.

그러면 이제 어떻게 해야 할까요? 아이를 위해서 먼저 남편을 존중하는 법을 배워야 해요. 애한테 잘하는 게 아니라 남편에게 잘해야 합니다. 남편이 좋아서, 잘해 주니까 숙이라는 말이 아니라 아이를 위해서 존중하라는 거예요. 남편에 대한 아내의 마음이 아이에게 영향을 미쳤기 때문에, 먼저 그 마음을 풀어야 아이의 마음도 달라집니다.

이 경우는 아이가 뭘 하든 내버려 두는 게 좋습니다. 물론 남을 괴롭히거나 때리거나 도둑질을 한다면 그건 말려야 하지만, 남에게 큰 피해를 주는 행동이 아니면 당분간은 그냥 두는 게 좋아요. 방을 어질러 놓는다, 공부를 안 한다, 성적이 떨어진다, 이런 것은 간섭할 필요가 없어요. 남한테 피해를 주는 행동이 아니니까요. 하지만 남한테 큰 손실을 끼치거나 피해를 주는 것은 따끔하게 일러줘야 합니다.

"아무리 네 마음대로 하더라도 남에게 피해를 주는 것은 더불어 살아가는 세상에서 절대 해서는 안 된단다. 그런 짓을 하면 나중에 과보가 따르니, 그건 너를 위해서도, 남을 위해서도 좋지 않아."

이렇게 엄격하게 기준을 정해 주고 나머지는 내버려 두세요. 그래서 아이가 엄마에게서 억압을 느끼지 않고 마음을 쉴 수 있도록 하는 게 필요합니다.

마음대로
조정하려 들면
문제가 생긴다

아이 셋을 키우는 엄마가 이렇게 물었습니다. "둘째 아이는 어려서부터 조용하고 내성적인 아이였어요. 형은 주말이면 친구를 만나러 가는데 둘째는 나가질 않아서 '친구가 없니? 나가서 친구하고 놀아'라고 늘 얘기해도 나가 놀지를 않았어요. 그런데 중학교 2학년부터 학교 활동을 하면서 나가기 시작하더니 3학년부터는 친구들과 어울리는 일이 많아졌습니다. 3주 전쯤 네 명이서 한 아이를 괴롭혔는데, 우리 아이도 끼어 있었나 봅니다. 거친 아이들과 친해지면서 처음엔 장난으로 하다가 같이 괴롭히게 된 것 같습니다. 어떻게 해야 할까요?"

아이가 조용한 성격이고 친구를 적극적으로 사귀는 성향이 아니면, 그 성격과 성향을 그대로 인정해 주면 됩니다. 그런데 아이를 가만히 안 놔두고 나가서 친구를 사귀라고 잔소리를 했잖아요. 그게 부모 욕심이에요.

여자가 남자친구를 사귀고 싶은데 성격이 소극적이면 누구와 사귀겠어요? 소극적이고 조용한 사람과는 사귀게 되지 않습니다. 누군가 다가와서 먼저 말을 거는 사람과 사귀게 돼요. 적극적인 사람과 사귀는 겁니다.

그런데 여자한테 적극적으로 집적대는 건 어떤 남자냐 하면 대체로 바람기 있는 남자예요. 그러다 보면 '얌전한 고양이가 먼저 부뚜막에 올라간다'는 말처럼 필연적으로 얌전한 사람에게 생각지 못한 연애사가 먼저 벌어집니다.

이 아이도 소극적이다 보니까 먼저 말 걸고 사귀지를 못해요. 누군가가 적극적으로 말을 붙이고 끌고 나가야 밖으로 나가게 됩니다.

이때 다가오는 아이들이 대체로 공부에는 관심이 없고 껄렁대는 아이가 많아요. 그런 친구가 다가와서 적극적으로 말 걸고 끌고 나가니까 함께 다니게 된 겁니다. 남 괴롭히고 때리는 데 한두 번 같이 다니다 보니 따라하게 된 거예요.

"우리 애는 착한데……."

이런 이야기는 할 필요도 없어요. 두들겨 맞은 아이 집이나 물건 뺏긴 아이 집에 가서 그 집 엄마한테 "우리 애는 착한데 친구를 잘못 사귀어 가지고……" 이런 얘기를 하면 욕먹습니다.

이런 경우에는 과정은 생각할 것 없이 앞으로 어떻게 할 건지 엄마가 선택을 해야 합니다.

'우리 아이가 소극적이니까 말썽을 좀 피우는 일이 벌어지더라도, 학교에 불려 가서 욕 좀 얻어먹고 아이가 징계를 받더라도 친구를 사귀어서 사회생활을 하는 게 좋겠다.'

이렇게 생각하면 특별히 야단치지 말고 몇 가지 주의만 줍니다. 즉 남의 물건을 빼앗거나 때리거나 해서 남에게 피해를 주면 안 된다고 말해 주면 됩니다. 또 어울려 다니다 보면 성추행을 할 수도 있으니, 이런 것은 절대로 안 된다고 주의를 주고, 다른 얘기는 안 하는 겁니다.

또 다른 방법은, 이런 문제가 자꾸 발생하는 것이 두려우면 이사를 가 버리는 겁니다. 지금 겨우 친구를 사귀어서 재미 붙여 놨는데 이 친구를 만나지 말라고 하면 아이가 부모한테도 반항할 수 있어요. 지금은 친구가 더 좋을 때이기도 하고, 혼자 외롭게 있던 사람일수록 사람을 사귀면 더 쉽게 빠집니다.

이럴 때는 조용히 아이를 데리고 이사를 가 버리세요. 자식을 위해서는 부모가 뭐든지 해야 하잖아요. 이런저런 말썽을 피워서 퇴학을 당하기 전에 다른 지역으로 이사를 가는 겁니다.

물론 이사를 간다고 전부 해결이 되는 건 아니에요. 애가 소극적이니까 이사 가서 적응을 잘 못할 거예요. 하지만 그것도 각오를 해야 합니다.

엄마의 심정은 '활발하게 친구하고 놀되 나쁜 데는 빠지지 말고 공부도 잘하고……' 자꾸 이런 생각에서 벗어나지 못 하고 있어요.

그런데 어떻게 공부도 잘하고, 친구도 사귀되 나쁜 친구는 사귀지 않고, 설사 그런 친구를 사귀더라도 일정한 선은 벗어나지 않을 수가 있겠어요? 그게 어렵다는 겁니다.

내 자식이지만 나와는 다른 사람이에요. 그런데 내 맘대로 조정하려고 하니까 문제가 생기는 겁니다. 이제 아이를 잘못 건드리면 반발합니다. 전에는 특별히 다른 돌파구가 없으니까 부모가 시키는 대로 했지만, 이제는 '친구'라는 다른 돌파구가 생겼잖아요. 그래서 엄마가 지혜롭게 대처해야 합니다.

자기 내면의 욕구는 콩 씨앗과 같아요. 그런데 콩 씨앗이 있다고 무조건 싹이 트는 것은 아니에요. 천장에 매달아 놓으면 싹이 안 틉니다. 땅에 심어져서 적당한 온기와 습기가 있어야 싹이 터요.

그런데 적당한 온기와 습기만 있으면 싹이 트는 것도 아니잖아요. 콩 씨앗이 없으면 싹이 안 트잖아요. 이것을 인연이라고 합니다. 직접적인 원인을 인因, 간접적인 원인을 연緣이라고 해요.

인과 연이 만나 과보가 생겨납니다.

상황이 어떻든 자기 내면의 나쁜 씨앗을 없애는 걸 수행이라 합니다. 수행하다 보면 혹시 나쁜 씨앗이 있다 해도 싹이 안 트도록 환경을 개선해 줄 수가 있어요.

아이야 어떻든 내가 괴롭지 않는 건 내 수행이고, 내가 좀 힘들더라도 아이를 위해서 변화된 환경을 만들어 주는 것은 연線을 개선해 주는 거예요. 이것은 맹자 어머니가 아이를 위해서 세 번 이사를 간 것과 같은 이치입니다.

환경을 바꿔야 한다고 생각하면 그만한 노력을 해야 합니다. 물론 그런 노력을 한다고 결과가 생각한 대로 다 되는 건 아니에요. 100을 하면 1개쯤 될까 말까 해요. 그래도 자식을 위해서 하는 겁니다.

만약 아무것도 안 하고 그냥 가만히 있으면 애가 잘 될까요? 그런 건 세상에 없습니다. 그런데도 인생을 너무 안일하게 생각하고, 내 생각대로 안 된다고 자식 탓하고 남편 탓하고 세상을 탓합니다. 가만히 앉아서 걱정만 한다고 되는 일은 없어요.

공부를 안 하면 성적이 나빠지는 것을 각오해야 하고, 성적이 잘 나오려면 좋은 날 꽃구경 가는 대신 열심히 공부해야 합니다.

내가 뿌린 씨앗이 있는데, 아무런 일도 일어나지 않기를 바라는 것은 욕심이에요. 이제는 자식을 위해 무엇을 할 것인가, 마음의 결정을 내려야 합니다.

싸우면서
사람 사귀는 법을
익힌다

"아이가 이제 여덟 살인데 밖에 나가서 맞고 들어왔습니다. 부모로서 많이 속상하지만 아이를 제대로 가르치려면 '너도 같이 때려라' 이렇게 해야 옳은 건지, '때리면 그냥 맞고 있어라' 이렇게 말해 줘야 맞는 건지 궁금합니다."

이렇게 질문한 엄마가 있었어요. 그래서 제가 다시 그분에게 물었지요.

"보상을 해 주더라도 아이가 한 대 때리고 오면 속이 시원합니까, 항의라도 할 수 있으니 차라리 맞고 오는 게 낫습니까?"

"그래도 때리고 오는 게 낫습니다."

아이들이 크면, 특히 남자 아이들은 자라면서 친구들과 싸우는 일이 종종 생깁니다. 자식이 맞고 오면 엄마들은 아이가 세상의 경쟁에서 지고 온 듯한 기분을 느낍니다.

'벌써부터 이렇게 맞고 다니면 이 험난한 세상을 어떻게 살까?'

이런 걱정이 앞서는 거예요.

그러나 여덟 살짜리 애가 한 대 맞고 왔을 때, 상대편이 때리면 얼마나 때렸겠어요. 친구끼리 싸우다 주먹다짐을 했다 해도 그렇지요. 그리고 거기에 무슨 악의적인 의도가 있었겠어요.

"그래도 매일 맞고 오니 엄마 입장에서는 같이 좀 때렸으면 좋겠더라고요. 그래서 친구가 때리면 너도 같이 때리라고 말했는데도 애가 여리다 보니까 그걸 잘 못하더라고요."

이 엄마의 속마음은 아이가 여린 것이 못마땅한 겁니다. 그러나 아이가 때릴 수 있는 수준이면 때리고 옵니다. 엄마가 때리라고 한다고 때리고, 때리지 말라고 한다고 안 때리는 게 아니에요.

따라서 아이의 마음 상태를 인정해 주어야 해요. 애가 맞고 와서 울면 오히려 감싸 주면서 말해야 합니다.

"그래, 친구가 때렸구나, 아이고 쯧쯧. 그런데 어릴 때는 그렇게 싸우기도 하는 거니까 너무 나쁘게 생각하지 마라. 그 친구가

뭔가 기분 안 좋은 일이 있었나 보네. 집에서 엄마한테 야단을 맞았을지도 모르고. 그래서 그랬나 봐. 별일 아니야."

이렇게 위로하는 게 좋습니다. 옛날부터 애 싸움이 어른 싸움 된다는 말이 있는데, 아이가 맞고 온 걸 보고 엄마가 분하니까 결국은 따지다가 어른 싸움이 되는 겁니다.

옛날에는 형제간에 여럿이 살다 보면 형과 동생이 싸우잖아요. 형제간에도 싸우는데 어떻게 학교에서 친구 간에 싸움이 없겠어요. 싸워 가면서 조율하는 법을 배웁니다. 형은 동생한테 야단쳤다가 엄마한테 야단맞는 거 생각해서 조율을 하고, 동생은 형한테 까불다가 한 대 맞고 나서 조금씩 조율이 되어 가는 거예요.

그런데 요즘 애들은 집에서 혼자 커서 남에 대한 배려가 없어요. 그러다 보니 갈등이 옛날 아이들보다 더 클 수밖에 없습니다. 어떻게 보면 싸우는 게 정상이에요. 갈등을 일으켜 가면서 배려하는 것을 배우는 거예요. 이런 것들은 가르친다고 저절로 되는 게 아닙니다.

아이들은 그렇게 싸워 가면서 사람 사귀는 법을 하나씩 익혀 갑니다. 따라서 아이들 싸움을 너무 심각하게 생각할 필요가 없어요. 그보다는 한 대 맞은 것 때문에 부모가 흥분하고 야단쳐서 아이에게 마음의 상처가 생기지 않도록 주의해야 합니다.

싸우는 것 자체는 아무 문제가 없어요. 열 번 싸우든 백 번 싸우든 아무 문제가 안 되는데 아이가 싸워서 마음의 상처를 입게 되면, 이게 피해의식이 됩니다.

그래서 억압이 되면 나중에 보복하는 마음이 일어나요. 이때 애가 한 번 때리면 큰 사고가 생깁니다. 도저히 못 참겠다 해서 보복할 때는 상대가 다칠 정도로 큰 문제가 발생하는 거예요.

반대로 계속 참아서 피해의식이 생기면 스스로 위축되고 상대에 대해서 굉장히 공격적이 되고 심성도 비뚤어집니다. 그래서 친구들과 싸운 걸로 아이가 상처받지 않도록 조심해야 합니다.

"애들 싸움은 별로 중요한 게 아니야, 괜찮아. 넘어진 것하고 똑같으니까 툴툴 털고 일어나렴."

이렇게 위로를 해 줘야 해요.

맞은 게 잘했다는 얘기가 아닙니다. 맞고 오라는 얘기도 아니에요. 그렇다고 때리라는 얘기는 더더욱 아닙니다.

아이들 싸움에 부모가 "네가 때려라" 이렇게 관여하면 안 된다는 뜻이에요. 어릴 때는 남의 장난감이 좋아서 가져갈 수도 있고 뺏을 수도 있고 또 뺏길 수도 있어요. 커서 보면 그리 중요한 게 아니에요.

어릴 때는 친구 사이에 다툴 수도 있는데, 부모가 개입하면 문제가 커집니다. 그래서 아이에게 '네가 잘못했다'든지, '친구가 잘못했다'든지 하며 부모가 판단을 하면 안 됩니다.

"너 왜 맞고 다니니. 바보 같이 때리지도 못 하고."

이렇게 말한다든지, 아예 애 손잡고 가서 또 싸운다든지 해서는 안 됩니다. 이런 행동 때문에 별로 중요하지 않은 일로 아이를 문제아로 만들 수도 있습니다.

혹시 아이가 맞고 왔다면 흥분하지 말고 아이의 이야기를 차분하게 들어주세요. 그런데 애가 맞고 울면서 들어오면 부모가 더 흥분해서 "누가 그랬어? 아이고 나쁜 놈의 자식" 이렇게 말하면 때린 아이에게 보복을 해야 하는 원리가 됩니다.

한 대 때린 아이가 나쁜 애니까 보복을 해야 하잖아요. 이것은 엄마가 가서 대신 보복을 해주든지 자기가 나중에 보복을 해야 한다는 마음의 씨앗을 심어 주는 겁니다.

그럴 때는 아이가 기분 상한 것은 다독여 주면서 "네가 기분이 좀 안 좋았구나. 하지만 어릴 때는 그럴 수도 있으니까 마음 풀어"라고 말해 주거나, 애를 데리고 싸운 아이 집에 가서 "너 우리 애하고 싸웠다며? 어째서 그랬니? 놀다 보면 그럴 수도 있는데, 앞으로는 사이좋게 잘 놀아라" 이렇게 화해를 시키는 겁니다.

"우리 애 잘 봐줘" 하고 부탁해도 안 되고, 가서 야단쳐도 안 되고, 그저 화해하고 같이 잘 놀도록 다독이는 것이 가장 좋습니다.

오래된 상처,
상대는 모르는
나만의 아픔

시골 친구들과 모여서 옛날 얘기를 나누고 있는데 술 취한 친구가 갑자기 "나는 스님한테 불만이 있다" 이러는 거예요.

초등학교 4학년 때 일인데, 그 친구는 다 기억을 하고 있더라고요. 그때 시골에는 공이 없어 볏짚을 돌돌 말아서 찼어요. 그러다가 친구들끼리 의논을 해서 "우리 10원씩 내서 고무공을 하나 사자" 한 거예요. 그래서 전부 10원을 내서 공을 사 가지고 찼는데, 그 친구는 10원을 낼 형편이 못 돼서 안 냈다는 거예요. 그런데 자기도 함께 공을 차니까, 제가 부르더니 이렇게 말했다는 겁니다.

"너는 공 차지 마라."

10원 안 냈으니까 차지 말라고 했다는데, 저는 기억이 없어요. 그런데 그 이야기를 들으면서 '아, 내가 그랬겠구나' 싶은 거예요. 왜냐하면 당시 제가 반장이었고, 옳고 그름이 분명한 아이였어요. 그러니 돈을 안 냈으니까 차면 안 된다고 생각했겠죠.

상처란 이런 겁니다. 상처를 받은 사람은 오랜 시간이 지나도 잊지 못합니다. 그래서 사람들은 다 자기 상처받은 기억만 있고 상처 준 기억은 없어요. 상대에게 "너 때문에 상처받았다"라고 하면 상처 준 사람은 뭐라고 해요? "내가 언제 그랬어?" 아니면 "그걸 갖고 뭘 그래?" 이러잖아요. 그러면 상처받은 사람은 더 열이 나는 거예요.

살다 보면 이래저래 상처를 많이 받습니다. 특히 부모처럼 가까운 사람으로부터 상처를 받게 돼요. 오랫동안 부모가 우리에게 베풀어 준 은혜는 전혀 기억이 안 나고, 나 중학교 안 보내 줬다, 나 고등학교 안 보내 줬다, 오빠는 대학에 보내 주고 나는 안 보내 줬다, 이런 것만 가지고 부모를 미워하잖아요.

또 엄마가 돼서 아이들을 키울 때 형제끼리 싸우면 어떻게 해결합니까? 어떤 때는 형한테 "형이 참지 왜 애하고 싸우냐" 이랬다가, 또 어떤 때는 동생에게 "왜 어린 게 형한테 까부냐"라고 말하게 됩니다.

그런데 애들이 크면 동생은 "동생이라고 만날 나만 야단쳤다" 이러고, 형은 "동생하고 싸운다고 양보하라고 만날 야단맞았다" 라고 말합니다.

이렇게 해서 각각 상처 입고 있단 말이에요. 부모가 누구를 좋아하고 누구를 싫어해서 그런 게 아닌데, 모두 자기가 상처받은 것만 기억하기 때문에 그래요.

이런 까닭에 사람들이 다 상처투성이고, 상처받은 걸 원망하느라 자기 인생을 행복하게 살지 못합니다. 결국 상처받을 일이 있어서 상처받는 게 아니에요. 어떤 상황에서 스스로 아팠다고 생각한 기억을 마음에 담아 간직하는 것뿐이에요.

이러한 마음의 작용을 이해하고 내 안의 상처를 들여다보면 그 순간부터 자유로워질 수 있습니다.

엄마는
언제나
네 편이야

"열 살 된 아들이 말을 더듬고 틱
장애가 있습니다. 처음 '엄마'라는 말을 할 때부터 더듬었던 것
같습니다. 저절로 좋아지기를 기다렸다가 언어 치료를 받은 지
5개월 정도 되었습니다. 지금은 많이 좋아져서 학교에서 친구들
과 이야기할 때는 별로 티가 나지 않습니다. 아빠나 정신과 의사
선생님과 얘기할 때는 조금 더듬고, 저와 얘기할 때 제일 심합니
다. 이런 증상이 생긴 지는 7개월 정도 되었고, 말을 안 더듬으
려고 애쓰다가 더 심해진 것 같습니다. 저 때문에 이렇게 된 듯
한데, 아이에게 잘못했던 일들이 생각나 자꾸 후회되고 아이 대

하는 것이 너무 조심스러워 제 마음에도 병이 생기는 것 같습니다. 어떻게 하면 좋을까요?"

이렇게 아픔을 호소해 온 엄마가 있었습니다. 이때 진짜 엄마라면 어떤 태도를 취해야 할까요?

'네가 말을 더듬어도 엄마는 너를 사랑한다.'

'세상 사람은 다 너에게 문제가 있다 해도 엄마는 너를 사랑한다.'

'지체부자유자라도 너를 사랑하고, 공부 못해도 너를 사랑하고, 사고 쳐도 너를 사랑한다.'

이것이 진짜 엄마 마음이에요.

아이에게 엄마란 마지막으로 기댈 수 있는 보루예요. 그래서 아이가 세상에서 지치고 힘들다가도 엄마를 보면 위로를 받을 수 있어야 해요.

원래 엄마란 세상 사람이 다 문제가 있다고 해도 자식을 보호해 주는 존재잖아요. 만약 자식이 사람을 죽여서 사형선고를 받더라도 판사에게 가서 "우리 아들 좀 살려주세요. 제가 대신 벌 받겠습니다" 하고 용서를 구하는 게 엄마입니다.

아이가 말을 더듬으면 어때요. 남들보다 발달이 좀 뒤처지면 어때요. 아이가 밖에 나가서는 말 더듬는다고 놀림을 받아도 엄마가 초조하고 불안할 게 뭐 있어요?

"더듬어도 괜찮아. 말 좀 더듬으면 어때. 별로 큰 문제 아니야."

이렇게 말해 주면 아이는 적어도 엄마한테 말할 때만큼은 믿음이 생겨서 마음이 편안해집니다.

'우리 엄마는 내가 어떻게 말하든 전혀 싫어하지 않는구나.'

아이가 이렇게 생각하면 엄마와 얘기할 때는 더듬어도 되고 안 더듬어도 되니까 결과적으로 안 더듬게 돼요.

'내가 이러저러하게 해 주면 애가 안 더듬을 거다.'

엄마가 이런 목표의식을 갖고 아이를 대하는 것도 좋지 않습니다. 그러면 목표에 도달하지 못하거나 그 과정이 느리다고 생각할 때 엄마가 스트레스를 받게 돼요. 이런 마음이 아이에게 전달되면 아이가 상처를 받게 됩니다.

대신 이렇게 생각해 보세요.

'나는 네 마음을 다 안다. 말 더듬는 건 중요한 문제가 아니야. 네 생각이 전달되면 되는 거야.'

이런 마음으로 어떤 조건에서든 '너는 내 사랑하는 자식이다'라고 생각해 보세요. 이런 관점에 서야 비로소 그것이 아이의 마음에 긍정적으로 전달됩니다. 그리고 이렇게 기도하세요.

'제가 그동안 엄마 노릇을 제대로 못했습니다. 이제는 아이를 있는 그대로 사랑하는 엄마가 되겠습니다.'

흔히 부모들이 자식에게 기대를 갖고, 그것이 이루어지지 않으면 짜증을 내거나 닦달합니다. 공부도 잘하고, 말도 잘하고, 피아노도 잘 치고, 태권도도 잘하고, 영어회화도 잘해야 합니다.

또 주위에서 누가 명문대에 들어갔다 하면 '우리 애도 저렇게 됐으면 좋겠다' 하며 부러워합니다. 그러면서 그 수준에 못 미치는 자식을 한심하다는 눈으로 봅니다.

만약 서울대학교에 갈 수준이 안 되는데 기도를 많이 해서 운 좋게 붙었다면 좋은 일일까요? 실력이 부족한데 공부 잘하는 애들 사이에 있다 보면 그 과에서 공부 진도를 못 따라갑니다. 그러다 보면 애가 열등감을 느끼게 되고 정신적으로도 괴로워집니다. 결국 적응하지 못 하고 정신질환을 앓거나 심하면 자살할 확률이 높아집니다. 혹시 무사히 학교를 졸업했다고 해도 간판만 달았을 뿐이지 사회적인 리더십이 부족한 경우가 많습니다.

결국 부모의 욕심이 자식의 길을 막은 게 됩니다. 아이가 리더십이 좀 부족하고 공부하는 걸 힘들어할 때는 오히려 열등반에 다니는 게 훨씬 나아요. 거기에 가면 그래도 잘하는 축에 속하니까 자신감을 가질 수 있습니다.

지위와 돈, 이런 것만 따지지 말고 내 아이를 있는 그대로 봐야 합니다. 세상이 뭐라고 하든 엄마는 아이를 있는 그대로 보고 존중할 수 있어야 합니다.

아이가 엄마에 대한 믿음을 갖고 자라야 나중에 결혼해서도 사람에 대한 신뢰를 갖습니다. 자기 엄마에게도 버림받은 아이들은 사람을 신뢰하지 못해요.

얼굴이 못생겼다고, 공부를 못한다고, 말 더듬는다고, 신체에 문제가 있다고 버림받으면, 세상에 나가서 제대로 살기 힘듭니다. 엄마가 이미 아이의 자존감을 꺾어 버렸기 때문에 세상에 적응하기가 힘든 거예요.

애를 자꾸 고치려 들지 말고 아이를 품고 다정한 눈길을 보내세요.

"엄마는 널 있는 그대로 사랑하니까 엄마한테는 부담 갖지 마라."

아이한테는 이런 말을 할 필요도 없어요. 이런 말이 오히려 부담을 줄 수도 있습니다.

"엄마는 너를 사랑해. 그리고 언제나 네 편이야."

이렇게 자주 격려의 말을 해주기만 하면 됩니다.

아이
때문에
부담스럽다면

"초등학교 6학년 아들이 세 살부터 눈도 잘 안 마주쳐서 소아정신과에 갔더니 발달 장애라고 합니다. 지금 일반 초등학교 다니는데, 보통 애들보다 3년 정도 늦고 불안 증세도 있고 사회성도 많이 떨어집니다. 내년에 중학교에 가야 하는데, 수업 시간도 적고 좀 더 자율적인 대안 중학교로 보낼지, 일반 중학교를 보낼지 고민입니다."

이 질문에 답을 하자면, 중요한 것은 대안학교에 보내느냐 일반학교에 보내느냐가 아니라는 거예요.

'아이를 생각하면 보내야 하는데 내 마음이 불안해서 도저히

못 보내겠다.'

만약 이런 마음이라면 엄마가 고통스럽더라도 참고 보내야 해요.

그런데 '나도 직장에 가야 하고 돌볼 수 있는 능력도 안 되니 돈이 좀 들더라도 그곳에 맡겨 놓으면 잘되겠지' 이런 생각이라면 보내지 말아야 합니다. 즉 엄마인 내가 힘들어서 아이를 그곳에 보내려고 하는지, 아이에게 최선이라고 생각해서 보내려고 하는지 자신의 마음을 살펴봐야 합니다.

발달이 늦는 아이의 부모들은 대부분 아이에 대해 부담을 느낍니다. 아이 얘기를 하면서 울먹울먹하는 것은 아이 때문에 부모가 힘들다는 거예요.

'이 아이 때문에 어깨가 무겁다.'

'이 아이 때문에 내 인생이 옴짝달싹도 못한다.'

만약 이렇게 생각하면 부모가 자기 문제에 빠져 있는 겁니다. 이때는 아이를 진정으로 위하는 마음이 들어설 자리가 없어요. 아이를 어떻게 도울까 생각하기 보다, 감당해야 할 일이 많은 자신의 상황이 힘겹게만 느껴집니다.

아이를 정말 위하는 부모라면 '이런 아이가 있어도 나는 행복하게 살 수 있다. 아무 문제없다'는 마음을 가져야 합니다. 부모 인생이 행복하고 자유로워져야, 아이에게 어떤 것이 도움이 될까를 적극적으로 생각할 수 있습니다.

그런데 자기 고민에 빠져 있으면 아무리 아이를 위한다고 해도 내 무거운 짐을 남에게 떠맡기고 싶은 마음이 깔려 있기 때문에 무의식적으로 그런 선택을 하게 됩니다.

부모가 문제 행동을 하는 자식을 부담스러워하면, 아이도 부모에게서 버림받았다고 느낍니다. 그것이 결국 인간에 대한 불신으로 이어집니다. 그 때문에 아무리 좋은 시설에 보내도 아이가 훌륭하게 자라기 힘들어요.

그리고 부모가 '아이고, 저거 어떻게 하나?' 이러면서 자식을 걱정하는 것 같지만 실제로는 다 스스로를 불쌍하게 여기는 겁니다. 아이를 돌봐야 하는 자기 상황이 힘겹다는 거지요. 이 때문에 아이는 자존감이 떨어지고 심성도 삐뚤어질 수 있어요.

이때 선택은 두 가지예요. 하나는 좀 힘들지만 일반 중학교에 보내서 비장애인 친구들과 어울려 살게 하는 방법이에요. 이 경우에는 엄마의 헌신적인 사랑이 필요합니다. 또 하나는 대안학교에 보내서 수준에 맞는 교육을 받게 하는 겁니다. 장애의 정도가 심해서 아무리 노력해도 비장애인 친구들과 같이 공부하기에는 힘에 부친다면, 오히려 좌절하고 절망할 가능성이 있어요. 이때는 대안학교에서 아이의 상황에 맞게 교육을 시키는 게 더 낫습니다.

선택을 할 때는 어느 쪽이 아이의 장래에 더 좋을까를 최우선으로 생각해야 합니다. 비슷한 상황의 아이들과 함께 훈련을 받을 수 있는 곳에 보내는 게 좋겠다고 결정했다면 빚을 내서라도, 어떤 일을 해서라도 아이를 위해 보내세요.

또 일반 중학교에 보내는 것이 아이가 정상적인 생활을 하는 데 도움이 되겠다고 판단되면 엄마가 직장을 그만두고서라도 아이를 돌봐야 합니다. 남편 혼자 벌게 하고, 엄마가 아이에게 전적으로 사랑을 기울여서 학교도 함께 다니면서 도와야 해요.

이때 부담을 덜고 싶은 욕심에 아이가 빨리 좋아지길 바라면 조바심이 생깁니다. 기대했던 것보다 발전이 없는 아이에게 자신도 모르게 짜증을 내게 돼요. 그러면 아이는 오히려 스트레스를 받게 되고 그러다 보면 역효과가 납니다.

따라서 아이에 대한 기대심(욕심)을 버려야 해요. 아이가 한 발 한 발 어떻게든 따라가려고 애쓰는 게 고맙고 장하게 느껴져야 합니다. 그러면 아이가 열 번을 실패해도 열한 번째 엄마가 함께하고 싶고, 스무 번을 실패해도 스물한 번째 또 함께하고 싶은 마음이 듭니다.

그리고 무엇보다 중요한 것은 엄마가 먼저 편해지는 것입니다.

'부처님, 이 아이를 제게 보내 주셔서 정말 감사합니다.'

이렇게 감사 기도를 하면서 아이를 복덩이라고 생각하면 아이는 당당하고 자신감 있게 자랄 수 있습니다.

거친 행동
뒤에는
억압 심리가 있다

"아들만 둘 있습니다. 큰아들은 별 문제가 없었는데 지금 중학교 1학년 작은아들이 작년부터 사춘기가 온 것 같습니다. 폭력적이고 거짓말을 자연스럽게 하는 데다 무기력하기도 하고 도무지 아이 같지 않은 행동을 합니다. 그래서 결혼 전부터 하던 일을 그만두었는데 이제 아이를 위해 어떻게 해야 할지 고민 중입니다."

이렇게 아들 때문에 하소연하는 엄마가 있습니다.

아이가 거짓말을 하는 이유는 엄마가 허락 없이는 외출하지 못하게 하기 때문이에요. 그래서 결국 엄마를 속이게 되는 겁니다.

그런데 엄마가 간섭을 안 하면 거짓말을 안 합니다. 예를 들어 엄마가 "외출하지 마"라고 하면 아이는 나가고 싶으니 대답은 "알았어요"라고 하고는 나가 버리는 거예요. 즉 아이가 거짓말을 하는 것이 아니라 부모가 간섭하기 때문에 거짓말을 하게 되는 겁니다.

또 아이가 폭력적일 정도로 과격한 행동을 한다면 아이의 감정에 뭔가 억압 심리가 있는 거예요.

만약 첫아이는 괜찮은데 둘째가 문제라고 하면 '부부가 신혼 초는 사이가 괜찮았는데 살면서 좀 갈등이 있었구나' 하는 것을 알 수 있습니다.

억압 심리가 있는 사람은 지금은 폭력적인 모습이 좀 덜 나타난다 해도 결혼하면 다시 나타납니다. 화가 나면 아내에게 폭력을 쓰는 일도 생길 수 있어요. 또 술을 마시면 정신을 잃거나 평소에는 조용한데 술만 마시면 말이 많아지고 행동이 거칠어질 수도 있습니다. 심리가 억압되면 이것이 무의식 속에 잠겨 있다가 자극을 받으면 일어나는 겁니다.

아이가 자라면서 직접적으로 타격을 받아서 생길 수도 있고, 엄마가 심리적으로 억압 상태이기 때문에 늘 화가 차 있고 가슴이 답답했던 것이 아이에게 전이되어 일어날 수도 있습니다.

결국 아이가 폭력적인 것은 부모의 탓입니다. 그러니 아이의 행동만을 문제 삼아서 '아이고, 어쩌다가 저런 자식을 낳았나'

이렇게 생각하지 말고 안타까운 마음을 내야 합니다.

'아, 내가 마음을 잘못 써서 아이가 이 고생을 하고 있구나.'

이렇게 안쓰러운 마음이 들어야 합니다.

그렇다고 잘못된 행동을 두둔하라는 말은 아니에요. 폭력적인 행동을 해도 등을 두들겨 주면서 "아이고, 네가 마음이 많이 불편한가 보구나", "애들이 다 그렇지 뭐, 어떠냐" 이렇게 두둔해서는 안 됩니다. 저지른 행동이 잘못된 것이기 때문에 이때는 감싸서는 안 됩니다.

그러나 원인이 부모에게 있기 때문에 아이를 나무랄 일도 아니에요. 그러면 어떻게 해야 할까요? 마음의 작용과 이치를 정확하게 알고 아이에게 연민의 마음을 내야 합니다. 이때 비로소 아이의 억압된 심리가 조금씩 풀리고 가라앉게 됩니다.

따라서 아이를 원망할 것이 아니라 먼저 원인이 나에게 있음을 알아차려야 합니다. 그런 다음 당시 내 마음속에서 무엇 때문에 억압 심리가 일어났는지를 살펴야 해요. 이런 경우 대부분은 남편과의 관계 속에서 일어납니다.

아내가 볼 때는 남편이 문제여서 분노했지만, 그것도 다 자기 관점이에요. 남편의 행동 하나하나를 문제 삼아서 화를 내거나 참는 것이 반복되다 보니 결국 아이에게 문제가 생긴 겁니다.

이때는 당시 남편에게는 문제가 없었다, 하는 것을 내가 알아차려야 해요. 그때 남편 입장에서 생각해 보니 그럴 수도 있었겠다, 내가 그 마음을 헤아리지 못 하고 화를 냈구나, 짜증을 냈구나 이렇게 참회를 해야 합니다.

그러다 보면 그동안 내 몸과 마음속에 배어 있던 스트레스가 풀리면서 그것이 자녀에게 영향을 미치게 됩니다. 즉 내가 남편에 대한 미움이 있어서 자녀에게 나쁜 영향을 주었듯이, 남편과의 문제가 풀리면 자녀에게 또 자연스럽게 좋은 영향을 주는 겁니다.

아이의
문제 제기,
무시하지 마라

여러 명의 아이들을 키우다 보면 큰애가 "동생이 없었으면 좋겠다"라고 말하는 경우가 있습니다. 이것은 큰애 입장에서 엄마 사랑이 동생에게 치우친다고 느끼기 때문이에요. 엄마는 그렇지 않았다 해도 아이는 그렇게 받아들인 겁니다. 엄마들이 보통 야단칠 때 "언니(오빠)가 참아야지" 이런 말을 하기 때문이에요.

이런 경우에는 이미 아이에게 상처가 생겼기 때문에 엄마가 아무리 아니라고 변명해도 '엄마는 나만 미워한다, 엄마는 동생만 예뻐한다'는 생각을 자꾸 하게 됩니다.

만약 큰애가 동생하고 싸운다면 야단치는 대신 "또 둘이 싸웠구나. 싸우지 말고 사이좋게 지내라" 이렇게만 말하는 게 좋아요. "언니(오빠)니까 참아라", "언니(오빠)니까 그러면 안 된다"라는 말은 하지 않는 게 좋습니다.

얼마 전 이런 문제로 고민을 상담해 온 엄마가 있었습니다.

"세 아이 중에서 유독 큰딸이 동생에 대한 피해의식이 강하고, 동생들이 있다는 것을 창피해합니다. 그중 둘째 남동생을 몹시 미워해요. 사춘기가 되면서 학교에서도 친구들을 왕따시키는 일이 있고, 자기보다 외모가 못난 친구는 무시하는 행동을 하는 것 같습니다. 본인이 우월하다는 잘못된 생각을 하고, 자기 할 말을 다합니다. 그래서 선생님께도 버릇없고 공손하지 못한 아이로 비치고 있습니다. 어떻게 하면 다른 사람을 배려하는 아이로 키울 수 있을까요?"

이 경우는 우선 질투심이라는 감정을 이해해야 합니다. 큰딸이 엄마의 사랑과 보살핌을 독차지하다가, 둘째 동생이 태어난 다음 엄마의 마음을 뺏겼다고 생각하기 때문이에요. 엄마는 동생을 더 사랑해서가 아니라 어려서 그랬지만, 큰딸은 상처를 입은 거예요. 그러다 보니 공격성이 나타난 겁니다.

또 다른 경우, 부부가 아이 없이 오순도순 살다가, 아이를 낳으면 아내가 온통 아이한테만 신경을 쏟게 됩니다. 그때 남편은 섭섭해하면서 상처를 받습니다. 남편이 첫 번째 아이를 썩 좋아

하지 않는 데는 이런 이유
가 있습니다.

그런데 그 서운함을 남편이 말하
기가 좀 그렇잖아요. 아내가 유치하게 볼
것 같기도 하고, 자기 자신도 인정하기 싫을 수도 있습니다. 그
러다 보니 드러내지는 못하지만, 마음에는 상처로 남습니다. 설
사 자연스럽게 표현했다 해도 아내가 그 마음을 잘 알아채지 못
합니다. 오히려 "아이 돌보느라 힘든데 어른이 돼가지고 애를 돌
봐주지는 못할망정 자기마저 챙겨달라고 칭얼대?" 하고 면박을
주기 십상입니다. 그러면 남자는 그 다음 말을 못 하는 거예요.

이런 상황이라면 어른도 서운해지기 쉬운데, 아이에게 동생이
생기면 상처가 더 클 수밖에 없습니다. 그래서 둘째를 낳으면 엄
마가 훨씬 더 주의를 기울여야 합니다. 큰애가 조금이라도 문제
를 제기할 때는 무시하면 안 됩니다.

"아이고, 서운했구나. 엄마는 널 더 사랑해. 그런데 아기가 너
무 어려서 아무것도 할 줄 몰라 그러니까 조금만 기다려 줘. 엄
마가 아이 돌봐 주고 너 봐 줄게."

이런 지혜가 필요합니다. 아이도 이성적으로 생각하면 동
생을 잘 봐 줘야 하는 건 압니다. 하지만 무의식
에서는 동생에게 적대의식이 있어요.
그러다 보니 때로 행동이 아주 과격

하게 나오는 거예요.

　학교 선생님과의 관계에서 문제가 생긴 것도 질투심 때문이에요. 예를 들면 선생님이 자기보다 다른 아이를 더 귀여워할 때 그 아이를 질투하거나, 그 선생님에게 대들고 반항하는 식으로 나타납니다. 이 문제는 단순히 야단친다고 해결되지 않습니다. 아이가 일부러 그런 행동을 하는 게 아니라, 어릴 때 입은 상처 때문에 무의식적으로 나타나는 거예요. 이럴 때는 아이의 마음을 이해하는 게 먼저입니다.

　그리고 아이가 버릇없이 구는 문제는, 엄마가 자신을 한번 돌아볼 필요가 있습니다. 스스로는 못 느끼지만 혹시 어른들에게 버릇없이 대하지는 않는지, 또 남편한테

지나치게 잔소리를 하지는 않는지 점검할 필요가 있어요. 또 시어머니 앞에서 남편에게 함부로 대했을 수도 있습니다.

'이런 문제가 아이에게 영향을 미쳤겠구나. 이제는 알았으니 먼저 나를 고쳐야겠다.'

이렇게 자기 성찰을 하다 보면 그동안 미처 몰랐던 자신을 발견할지도 모릅니다.

시행착오할
기회를
줘라

딸이 스물여덟 살 성년인데도 사회성이 모자라 바깥에 나가는 걸 두려워해서 걱정이라는 엄마가 있습니다. 겉으로는 멀쩡해 보이는데 대인 관계에 자신 없어 하는 딸을 보고 있자니 참 답답하다는 겁니다. 그러면서 엄마로서 어떻게 도와야 할지 제게 물었습니다.

자녀가 스물여덟 살인데 사회성이 떨어지고 대인 관계도 두려워한다면 원인이 어디서 왔겠어요? 사춘기를 전후해서 아이에게 시행착오를 거듭할 기회를 주지 않았던 데 있습니다.

그때 말 잘 듣는 것만 좋다고 생각했기 때문에, 나이가 들었는데도 바깥 사회에 못 나가는 일이 생긴 겁니다.

따라서 이런 딸을 보고 답답해하지 말고 '아! 내가 어리석었구나. 아이를 위한다는 게 오히려 잘못되게 만들었구나' 이렇게 참회해야 딸을 이해할 수 있게 됩니다. 그때 비로소 딸의 행동을 봐도 답답한 마음이 들지 않아요.

누구를 탓하기 전에 자신의 어리석음을 먼저 돌아봐야 합니다. 그렇다고 자책하란 얘기는 아닙니다. 지난 시간을 후회하며 자신을 괴롭히면, 다시 딸에게 부정적인 감정만 전할 뿐이에요. 지나가 버린 시간은 참회해서 풀어내고, 지금이라도 딸에게 간섭을 덜해야 합니다.

"왜 너는 집에만 있어?"

"화장도 좀 하고 밖에 나가면 안 되니?"

이것도 간섭이에요. 자식을 외면하지는 말고 어느 정도 대화는 하되 간섭은 안 하는 게 좋아요.

"집에 있고 싶어?"

"네."

"엄마 외출할 건데 같이 나가볼래?"

"그냥 집에 있을래요."

그러면 존중해서 집에 있게 하는 거예요. 아니면 수행하는 곳과 인연을 맺어 주고 마음 공부 얘기를 듣게 하는 것도 방법입니다.

딸이 혼자 자랐기 때문에 사회에 나가 사람과 부딪치는 것을 힘겨워하고, 함께 어울릴 줄을 모르잖아요. 그렇다고 집안에만 놔두면 인간관계를 전혀 맺을 수가 없어요. 이런 경우에는 수행하는 사람 열 명, 스무 명 있는 곳에서 한 100일 동안 공동생활을 하는 것이 좋습니다. 한 방에서 같이 자고 새벽부터 일어나 저녁까지 일하는 프로그램이 있는데, 여기에 참여해서 조금씩 자생력을 키워 나가는 것도 좋아요.

그런데 이런 것도 부모가 너무 앞서서 자식을 끌고 가면 안 됩니다. 요즘은 대학에 들어갈 때까지 과외를 시키다 보니 대학 들어가서도 과외를 해야 따라간다고 합니다. 그래서 자식이 법대에 들어가도 과외를 시키고, 사법연수 때는 연수 성적에 따라 판사가 되고 검사가 되니까 부모가 또 과외를 시킨다는 거예요.

이렇게 자식이 부모가 매어 둔 목줄에 끌려 다니면서 혼자 할 줄 아는 것은 아무것도 없는 세상이 되어 버렸습니다. 이것이 다 부모가 자식을 위한다고 한 일이에요.

이제라도 자립을 시키고 자생력을 키우는 것은 좋지만, 이것도 부모가 너무 나서면 안 됩니다. 또 다른 억압이 될 수 있어요.

자식이 지금까지 너무 고립된 생활을 해서 바깥세상을 모르니까, 엄마가 다녀 보고 먼저 경험해 보는 게 좋아요. 엄마가 먼저 체험해 보고 "내가 해 보니까 이러저러한 점이 괜찮더라, 한번 해 봐라" 이렇게 해서 차츰차츰 세상과 연결해 주는 겁니다. 새로운 인연을 맺어 주고, 자생력을 찾아가도록 도와주는 거예요.

처음부터 이런 일이 생기지 않게 하려면, 사춘기 때 간섭하지 말고 지켜봐야 합니다. 혼자 하려고 할 때 혼자 할 수 있도록 내 버려 두고, 또 공부 안 하고 연애하는 것도 좋아해야 해요. 두 번, 세 번 연애하고 상처도 입어야 상대에 대한 이해가 생깁니다.

처음 연애할 때는 자기 생각대로만 하려고 하잖아요. 그런데 실패를 몇 번 해보면 '어, 이게 내 맘대로 되는 게 아니구나!' 이 렇게 알게 되는 거예요.

이런 경험들이 나중에 결혼해서 사는 데도 좋은 약이 됩니다. 이렇게 겪으면서 사람이 커가는 거예요.

이런 것을 보면서 자식이 강아지처럼 순순하게 말 잘 듣는다 고 좋아할 게 아니라, 때가 되면 부모 품에서 벗어나는 것을 기 뻐할 줄 알아야 합니다.

3장

공부 스트레스가
아이를 망친다

남의 인생에
신경 쓰지
마라

고등학교를 휴학 중인 학생이 제게 두 가지 질문을 던졌습니다. "어릴 때부터 남에게 잘 보이고 싶어 하고, 그러다 보니 남의 말에 잘 흔들리는 편이었습니다. 또 성격적으로는 완벽주의, 이상주의적 성향이 있었습니다. 그러다 보니 때때로 자기 관리를 못한다는 자괴감, 욕심만큼 실천하지 못 하는 자신에 대해 스트레스를 받고 불안감을 느낍니다. 어떻게 하면 스트레스와 불안감을 덜 가질 수 있을까요? 두 번째는 좋은 학교에 입학하기 위해 공부하다가도 막상 그렇게 되어도 기쁨은 잠시뿐일 거라는 허탈감에 휩싸입니다. 그래서 스님처럼 모든 것을 벗어던지고 역사, 민족, 통일, 환경, 세계평화 등에 기여하고 싶은데 그 길이 매우 막연하다는 생각이 듭니다. 그래서 스님은 어떤 계기로 그런 일들을 시작하셨고 어떤 생각으로 추진해 나갔는지 궁금합니다."

이 이야기를 듣고 두 번째 질문에 먼저 대답을 해주었습니다.

"남의 인생에 신경 쓰지 말고 네 인생이나 잘 살아라."

남을 궁금하게 생각할 거 없어요. 항상 자신을 먼저 생각하세요. 나도 저 사람처럼 되고 싶다는 게 좋은 것 같지만, 그러면 비교하는 마음에서 벗어나기 힘들고, 따라갈 힘이 부치다 보면 능력이 부족하다는 생각과 함께 자괴감이 생깁니다.

남을 기준으로 삼지 말고 내가 하고 싶은 것, 내가 해야 할 것을 기준으로 출발하면 됩니다. 이 세상에 공짜는 없어요. 외국 사람들이 오늘날 한강을 보며 '기적'이라고 말하지만, 한국 사람들이 기적을 일으킨 게 아니라 열심히 노력한 결과잖아요.

우리는 공부를 안 하고 성적이 오르기를 바랍니다. 하지만 노력하지 않고 얻어지는 것은 없어요.

자기가 좋아서 하는 일과 필요해서 하는 일이 있습니다. 그런데 우리는 좋아하는 것만 하고 싫은 것은 안 하려고 합니다. 그러면 과보를 받아요. 필요하다면 좋아도 그만둘 수 있고, 필요하다면 싫어도 할 수 있어야 합니다.

따라서 내가 좋은 대학에 가고 싶다면 공부하기 싫어도 열심히 해야 해요. 거기에 다른 방법은 없습니다. 그 다음에 내가 공부하기 싫으면 안 해도 괜찮아요. 대신 좋은 대학에 가겠다는 생각을 버리면 돼요. 거기에 다른 길은 없어요. 공부도 안 하고 좋은 대학 가겠다는 것은 요행인데, 소가 뒷걸음 치다 쥐를 잡는 건 어쩌다 있기는 있지만 그것은 욕심일 뿐이에요.

질문한 학생의 경우 이것저것 복잡하게 생각하지 말고 학교를 휴학했다면 좀 노는 게 좋아요. 아무 걱정 말고 이것도 해 보고 저것도 해 보면서 실컷 놀아요. 놀면서 일도 해 보고, 그것이 너무 힘들면 공부하면 됩니다.

스스로 100을 노력한 다음 효과가 10이 나와도 '감사합니다' 이래야 합니다. 왜냐하면 90을 저축을 해 놓았으니까요. 자기가 노력한 것들이 다 드러난다고 좋은 건 결코 아니에요.

내 능력을 세상 사람이 알아준다고 좋은 일이 아닙니다. 만약 내가 100을 노력했는데 사람들은 150으로 알아준다면 좋겠죠? 그런데 그게 취약이에요. 법륜 스님의 능력이 150인 줄 알고 왔는데, 옆에서 가만히 보니 실력이 100밖에 안 되면 실망하잖아요.

그래서 자기가 가진 실력이 100이면 세상 사람은 한 50쯤 아는 게 좋습니다. 그러면 인간관계를 오래 끌고 갈 수 있어요. 한 50쯤 되는 줄 알고 찾아왔는데, 같이 있어 보니 생각보다 실력이 낮거든요. 그러면 신뢰가 형성돼요.

그래서 요즘 제 강의를 많이 들으러 오는 것도 좀 위험합니다.

썩 괜찮은 사람인 줄 알고 왔다가 며칠 같이 있어 보니까 '성질도 더럽네' 하게 되면 실망이 크잖아요. 기대가 큰 만큼 실망도 큰 거예요. 그러니까 사람들의 인정을 받을 때는 떨어질 것을 각오해야 합니다.

우리가 소탈하게 살아야지 너무 허위를 만들면 결국 자기 인생이 불편해져요. 그리고 남이 나를 알아주지 않는다고 실망할 필요도 없습니다. 그게 다 저축하는 길이고, 또 언제든 빛이 난다는 사실을 알면 돼요.

마음이 초조하고 불안하면 신경쇠약에 걸립니다. 나를 안 알아준다고 남을 미워하게 되고, 그러다 보면 스스로도 괴로워져요. 그러다 보면 자기 능력이 없음을 자학하게 되고 결국 인생살이가 복잡해지는 거예요.

결과가 나오는 대로 받아들이고, 항상 결과에 대해서는 긍정적으로 받아들이세요.

'감사합니다. 내 실력보다는 더 많이 나왔습니다.'

이렇게 기도하면 남의 눈치 볼 것도 없고 편안하게 살 수 있습니다.

진정한
어머니의
사랑

요즘 공부 때문에 스트레스를 받아서 심리불안 증세를 보이거나 심지어 자살을 하는 아이들이 많아요. 현실이 이런데도 부모들은 문제가 얼마나 심각한지 모릅니다. 오로지 공부 성적만 따지고 공부 안 한다고 닦달하다가 결국 자식이 심각한 문제 행동을 일으키거나, 극단적인 행동을 한 다음에야 후회하는 부모가 많습니다.

얼마 전 특목고에 들어갔다가 학업에 대한 불안감과 자책으로 우울증 증세가 있어 1학년 때 휴학했다는 학생이 엄마와 함께 찾아왔습니다.

당시 아이는 무척 힘들어 보였는데 엄마는 아들이 빨리 몸이 회복되어 학업을 계속 이어나가길 원했습니다. 그러면서 이 상황에서 엄마인 자기가 무엇을 하면 도움이 될지 물었습니다.

그래서 우선 학생에게는 1년 정도가 아니라 3년쯤 휴학을 하라고 했습니다. 지금 학교나 학업이 중요한 게 아니에요. 사람이 살아야 학업도 있고 사람이 살아야 건강도 있는 거니까요. 쉬면서는 봉사 활동이나 몸을 움직여서 땀을 흘리는 육체 활동을 좀 해 보라고 권했습니다.

그리고 엄마에게는 다음과 같이 말했습니다.

"엄마가 할 일은 아무것도 없어요. 한 가지만 하면 돼요. 남편을 위해 하루에 300배씩 절하면서 참회 기도를 하세요."

그런데 아이를 진정으로 위한다면 먼저 남편에게 숙이고 기도하라고 방법을 알려주니 하는 말이, 아침 5시에 일어나서 매일 300배 하는 건 좀 힘들 것 같다며, 혹시 좀 더 쉬운 방법이 없는지 묻는 거예요.

이것은 엄마 마음이 아닙니다.

제가 고등학교 1학년 때 절에 들어왔는데 어머니가 너무 놀라서 은사 스님을 쫓아왔어요. 그러면서 "아이가 고등학교나 졸업하면 데려가지 이게 뭐하는 겁니까?"라며 울고불고 항의를 했어요. 그랬더니 은사 스님께서 가만히 듣고 계시다가 어머니에게 물어보셨어요.

"보살님, 이 아이의 운명이 앞으로 어떻게 될지 알아요?"

"아니, 모릅니다."

"나는 알아요. 그러니 아이의 운명을 아는 사람이 가르쳐야 되 겠어요, 모르는 사람이 가르쳐야 되겠어요?"

"아는 사람이 가르쳐야죠."

어머니가 그렇게 대답하고는 궁금해져서 다시 물었어요.

"우리 애가 어떻게 되는데요?"

그러자 우리 스님이 한마디로 잘라 말했습니다.

"얘는 단명해요!"

그 말을 듣고는 어머니가 깜짝 놀라서 눈물을 흘리며 말씀하 시는 거예요.

"아이고, 그러면 스님 아들 하세요."

그러고는 두말 않고 가버렸어요.

이게 어머니의 사랑이에요.

저는 지금도 어머니 얘기만 하면 눈물이 나려고 해요. 어떤 엄 마가 고등학교 1학년짜리를 포기하겠어요. 여기 있는 엄마 같으 면 포기할까요? 당장 멱살 잡고 집으로 끌고 가겠죠.

그런데 아이가 단명한다고 하니까 아이에게만 좋다면 절이 아니라 어디든 좋다, 뭐가 돼도 좋다고 생각한 거예요. 이게 어 머니의 사랑이에요. 자식을 위해서는 탁 놓아 버려야 된단 말이 에요.

아이에게 좋다면 300배가 아니라 3천배를 하라고 해도 "네" 하고 마음을 내는 것이 엄마예요.

자식이 좋아진다는데 남편 아니라 그 누구한테라도 마음을 숙일 수 있어야죠. 그렇게 엄마의 마음이 바뀌어야 아이의 정신이 확 바뀌지, 엄마 몸이 편한 것만 생각하면 어림도 없습니다.

엄마가 마음을 고치지 않는 한 아이는 좋아지기 힘들어요. 그리고 고등학교 1학년 학생이 정신적으로 불안해서 괴로워하고 힘들어서 학교도 못 가고 휴학하는 형편이니 지금 치료하지 않으면 자칫 평생 폐인이 됩니다. 문제가 이처럼 심각한데 엄마라는 사람이 고작 300배하는 걸 힘들어 합니다. 만약 지금 1, 2년만 엄마가 지성으로 기도하면 변화가 옵니다. 그런데 아이를 병원에 보내서 의사에게 맡겨 놓고 자신은 책임을 회피한다면 아이는 나아지기 힘들어요.

'내가 죽는 한이 있더라도 이 아이는 내가 책임을 지겠다.'

이렇게 마음을 내서 어떤 일이든지 희생할 각오를 하고 기도하면 아이는 좋아집니다.

아이를 낳고, 좋은 음식을 먹이고, 비싼 옷 입히고, 공부 시킨다고 다 엄마가 아니에요. 여러분이 진짜 엄마 노릇을 하고 있는지 생각해 볼 일입니다.

당신은
학부모 입니까,
부모입니까?

한 엄마가 "초등학교 1학년 아이가 화가 나면 공격성을 보이고 말을 함부로 합니다. 어떻게 해야 할지 걱정이에요"라며 하소연을 했습니다.

예전 텔레비전 광고에도 '당신은 부모냐, 학부모냐' 이런 내용이 나왔는데, 지금 많은 엄마 아빠가 부모 노릇은 포기하고 학부모 노릇만 하고 있어요. 애가 공부 잘하고 나중에 출세하는 데만 급급해서 어릴 때부터 아이들을 잡는 거예요.

진정한 부모라면 '자식의 행복한 미래를 위해 목숨이라도 바치겠다'는 희생정신이 있어야 합니다.

그런데 부모가 자식을 위해 희생하겠다는 마음은 없고, 자식을 자신의 욕망을 대신 충족시키는 수단으로 삼고 있기 때문에 아이들에게 정신적인 문제가 생기는 거예요.

초등학교 1학년이면 한창 해맑은 얼굴로 즐겁게 뛰어놀 나이예요. 그런데 아이가 화를 내고 공격적이란 건 스트레스가 많이 쌓였다는 겁니다. 부모가 아이를 따뜻하게 안아 주지 않고 내치기만 한 데서 비롯된 거예요.

이것은 엄마가 스트레스가 많고 분노가 많다는 뜻이기도 해요. 이렇게 된 근본 원인은 남편에 대한 불만에서 시작되었을 가능성이 큽니다. 남편에게 화가 나니까 살림도 하기 싫고, 아이가 다가오는 것도 귀찮아 짜증내듯 아이에게 함부로 대한 거예요.

아이들은 부모의 행동에 굉장히 민감합니다. 부모가 행복하면 아이도 행복하고 부모가 불행하면 아이도 불행합니다. 엄마 아빠가 아이들이 없을 때만 싸운다 해도 아이가 모르는 게 아닙니다. 하루 이틀은 몰라도 몇 년씩 지속되면 아이도 집안의 분위기를 눈치챕니다. 오히려 아이들은 더 빠르게 감지해요. 왜냐하면 아이들은 촉수가 부모를 향해 있기 때문에, 부모의 감정이 어떤 상태인지를 빨리 느낍니다.

따라서 부모가 형식적으로 '애들 보는 앞에서 싸우지 말자' 이렇게 해서는 문제가 해결되지 않습니다. 아무 말을 안 해도 집안에 도는 냉랭한 기운만으로도 아이들은 느낍니다. 사실 부부가 어쩌다 한 번 싸우는 것은 크게 문제가 되지 않아요.

부부가 기본적으로 다정하면 가끔 싸우는 일이 벌어지더라도 아이에게는 큰 상처가 안 됩니다. 오히려 부모가 말다툼도 별로 안 하는 것 같은데 분위기가 냉랭하고 서로 소 닭 보듯이 하면, 아이에게 정신적으로 굉장히 큰 부담을 주게 됩니다.

따라서 아이를 위해서라도 엄마가 먼저 화목하게 지내려고 노력해야 합니다. 이때 "왜 남편에게는 하라고 안 합니까?"라고 문제를 제기할 수 있습니다.

그런데 아이들이 크는데 아빠보다 엄마의 비중이 훨씬 더 크다고 할 수 있습니다. 이러한 비중은 어릴 때일수록 더 크게 차지합니다. 남자는 큰 영향을 주지 못합니다. 엄마들 입장에서야 의무와 책임에 대한 부담으로 불평등하다고 생각할지 몰라도, 실제로 이런 헌신적인 사랑 때문에 아이들은 아빠보다 엄마를 더 따르고 찾는 겁니다.

늘 보살펴주고 안아 주었기 때문에 엄마를 그리워하고, 놀라거나 넘어져도 보통은 '아빠' 하지 않고 '엄마' 하고 부릅니다. 아이에게 엄마는 자신을 보호하고 지켜주는 수호신인 거예요.

그런데 엄마가 자기 권리만 이야기하고 자기가 하고 싶은 것 못한다고 불만스러워한다면, 아이가 어디서 따뜻한 사랑을 느낄 수 있겠어요.

옛날 엄마들은 자신의 몫을 챙기지 않고 자식에게 헌신하는 마음이 있었어요. 가난한 살림이라 밭일에 집안일에 허리가 휘도록 일하면서도 늘 자식이 먼저였어요. 자신은 굶더라도 자식들부터 챙겨 먹이고, 새벽이면 정화수 떠놓고 오로지 자식 잘되기를 빌었어요.

자식들이 이런 엄마의 모습을 보고 '엄마가 우리를 위해서 희생하는구나' 하고 느끼니까 물질적으로 부족해도 서운함이 별로 없었어요. 엄마가 놀러 다니고 자기 하고 싶은 일 한다고 돌보는 데 소홀한 게 아니라, 돌보기 힘든 조건인데도 최선을 다해서 사랑을 준다는 사실을 알기 때문에 상처나 섭섭함이 없는 거예요.

만약 남편 없이 혼자 아이를 키운다면 엄마가 고생하는 걸 자식이 보도록 하는 게 아이의 정신 건강에 좋아요. 곁에서 돌봐주지 못하지만, 그래도 자기를 버리지 않고 혼자 몸으로 애써서 키우려 한다는 걸 아이들도 안다면 오히려 상처받지 않아요.

아이들에게 필요한 건 '엄마가 나를 사랑하는구나' 하고 느끼는 거예요. 그게 가장 중요해요.

남들과
달라도
괜찮아

아이가 학교 성적을 중간쯤 받아
왔을 때, 부모들의 반응은 보통 두 가지로 나뉩니다.

"와, 중간이나 했네. 꼴찌 한 애들도 있을 텐데 잘했다!"

"중간밖에 못했니? 이런 성적으로 대학이나 갈 수 있겠어?"

그런데 칭찬보다 핀잔만 하다 보면 결과적으로 아이는 공부
를 싫어하게 됩니다.

"엄마, 나 공부하기 싫어요"라고 했을 때 "그래, 그럼 좀 놀아
라" 이렇게 받아 주면 아이도 공부에 대해 심하게 거부감을 갖
지 않겠지요. 그런데 "그 성적 가지고 지금 놀 때야?" 하면서 자

꾸 야단치거나 강요하다 보니 점점 더 공부가 싫어지는 거예요.

중학생 아들이 시험 기간에도 공부를 하지 않아 걱정이라는 엄마가 있었어요. 아들이 뚜렷한 목표도 없고 공부도 하기 싫어하는 것 같아 지켜보려고 하지만, 아이를 보면 속이 상한다는 겁니다.

이 아이는 자신이 할 수 있는 것보다 부모가 기대하는 바가 커서 공부에 대한 거부감이 생긴 거예요. 지금 공부가 짐처럼 느껴져 부담스러운 상태예요. 아이도 공부해야 한다는 생각은 있어요. 그런데 부모가 공부하라고 억누르는 게 싫은 겁니다.

이런 아이에게는 부모의 결단이 필요해요.

"그래, 공부하기 싫어? 잘됐네. 그렇잖아도 요즘 엄마도 학교 교육이 굳이 필요할까 생각해 보고 있었어. 공부 시키려면 학비도 많이 들고 말이야. 너 생각 잘했다. 이참에 시골에 가서 농사를 짓자."

그러고 나서 진짜로 시골에 가서 농사를 짓게 하면 아이는 달라집니다. 한 1년쯤 지나면 자연스럽게 "엄마, 나 공부할래" 이렇게 돼요.

문제는 부모예요. 아이를 바르게 이끌려면 부모가 자기 생활을 그만큼 희생해야 합니다. 그런데 대부분의 부모는 희생할 생각이 없어요. 자신은 편안한 삶을 누리면서 아이에게만 부모가 원하는 만큼 이래라 저래라 합니다. 그러니까 아이가 안 되는 거예요.

아빠가 1년 정도 직장을 쉬면서 농사 짓고, 아이는 학교에 보내지 않고 살든지 아이를 데리고 여기저기 여행을 하는 것도 좋아요. 무전여행으로 우리나라 방방곡곡을 다녀보고, 다른 나라도 다녀보는 거예요. 한 3개월만 고생하면서 여행하면 아이들은 달라집니다.

그런데 부모가 그런 용기를 못 내요. 그만큼 아이를 위해서 자기를 희생할 준비가 안 돼 있는 거예요. 바로 여기에 문제가 있는 것이지 아이가 문제는 아닙니다.

부모가 용기를 내지 못 하는 이유는 남들과 다른 길을 선택한다는 두려움이 있기 때문이에요. 자기 발로 서고 자기 눈으로 세상을 봐야 하는데 오늘 우리 인생은 그렇지를 못해요. 그냥 세상의 흐름에 따라 굴러다니고 있어요. 마치 홍수가 나면 쓰레기가 물에 휩쓸려가듯이.

남이 중학교에 가면 중학교 가고, 고등학교에 가면 고등학교 가고, 대학교에 가면 대학교 갑니다. 그러다 취직하면 취직해야 하고 집 사면 집 사야 하고, 자동차 사면 자동차 사야 하고……. 그냥 막 정신없이 달려요. 무엇 때문에 달려가는지 물어봐도 모릅니다.

부모가 이렇게 중심도 없이 살면서 자식한테는 요구하는 게 참 많습니다. 아이는 부모를 닮는 존재예요. 부모가 이렇게 정신

없이 살면 자식도 중심 없이 흔들릴 수밖에 없는데, 자기 자신은 돌아보지도 않고 그저 아이만 나무랍니다.

이제, 부모가 용기를 낼 때입니다.

가정 형편을
솔직하게
알려주는 게 낫다

"중학교 1학년 딸아이가 갑자기 피아노를 전공하고 싶다고 조릅니다. 저희 집이 피아노를 전공시킬 정도로 경제력이 넉넉하지 않은 편인데 어찌 해야 할까요? 부모로서 아이가 하고 싶은 것을 밀어 주지 않는 게 옳지 않은 것도 같고, 또 좋아하긴 해도 재능이 뛰어난 것 같지는 않아서 시켜야 할지 말아야 할지 고민입니다."

이 엄마가 얘기하듯이 아이가 피아노에 뛰어난 재능이 있는 것 같지는 않고 그냥 좋아할 뿐이라면, 굳이 수백만 원을 들여서 레슨까지 받을 필요는 없습니다. 아이가 좋아하니까 혼자 연습

하든지 학원에서 배울 수 있으면 그렇게 하면 됩니다.

"우리 가정 형편에 수백만 원씩 레슨비 들여서 배우는 건 힘들단다. 그런데 네가 좋아하니까 열심히 혼자서 연습을 하든지, 한 달에 10~20만 원 정도 들여서 학원에서 배우는 정도는 엄마가 해 줄 수 있어. 그런 다음에도 피아노를 전공하고 싶으면 그렇게 해도 좋아."

이처럼 진지하게 의논해 볼 수 있습니다. 아이가 하고 싶은 걸 부모가 못 하게 하는 것도 잘못이지만, 반대로 아이가 하고 싶어 한다고 부모가 능력을 넘어서는 짐을 지는 것도 아이를 위해서나 부모를 위해서나 좋지 않아요.

약 20년 전 얘기인데, 한 부부가 시골에서 살다가 서울로 올라와 고생하다 남편이 버스 기사 자리를 얻었어요. 그런데 엄마 아빠가 다 초등학교를 못 나왔기 때문에 내 아이만큼은 좋은 교육을 시켜야겠다는 욕심이 있었습니다. 그래서 셋방살이 하면서 아이를 고액의 사립 초등학교에 넣었어요. 다행히 공부를 잘했는지 아이가 유명 여대에 들어갔는데, 대학에 다니다가 자학증 같은 게 생겨서 폭음을 하고 자해를 하는 거예요.

술만 마시면 완전히 알코올 중독자처럼 조절을 못하고 정신을 잃을 정도가 되니 부모가 감당하지 못할 상황이었어요. 병원에 가도 안 되니까 제게 데리고 왔기에 딸 얘기를 들어봤어요.

사립 초등학교를 다녔으면 친구들이 대체로 부잣집 아이들이

지요. 친구 아빠들은 의사 아니면 변호사, 회사 중역 아니면 사장이란 말이에요. 친구 집에 가보면, 자기 집은 너무 초라한 거예요.

그러다 보니 친구들이 "네 아빠는 뭐하시니?" 하면 초등학교 때부터 "우리 아빠 운수업 한다" 이렇게 거짓말을 하게 된 겁니다.

그러다 보니 친구를 집에 데리고 올 수가 없죠. 초등학교 때부터 12년을 거짓말하면서 나름대로 꾸미고 다닌 거예요. 옷도 더 예쁜 것을 입으려 하고요. 그러니까 부모는 더 등이 휘어졌겠죠.

이렇게 해서 겨우 대학까지 들어갔는데, 또 친구 집에 가보니까 부모들의 학벌이 좋은 거예요. 아버지가 미국 유학 다녀오고 엄마도 외국에서 학위 딴 걸 보니까 자기 부모와 비교되는 거예요.

그때 딸이 하는 말이 "나중에 성공하면 다른 건 해결할 수가 있는데, 엄마 아빠는 달리 대책이 없잖아요"라고 말하는 겁니다.

그래서 부모만 보면 짜증을 내고 신경질을 부렸는데, 부모는 부모대로 서운했겠죠. 아이를 위해서 자신들의 인생을 희생했는데, 애가 크면서 달라지니까 영문도 모르고 답답했던 거예요.

그러다 딸이 대학에 들어가서 친구들하고 술을 마시기 시작했는데, 어느 날 폭음을 하고 의식을 잃었어요. 아침에 눈을 떠보니까 자기 집에 턱 와 있는 거예요.

그래서 엄마한테 자기가 어떻게 집에 왔냐고 하니까, 친구들이 데리고 왔다는 겁니다. 친구들이 데리고 왔다는 것은 그 친구들이 자기 집을 봤다는 거잖아요. 그리고 지금까지 거짓말한 게 다 들통났다는 거잖아요.

그 말을 듣는 순간 아이는 큰 상처를 입었던 거예요. 그래서 학교도 안 가고 술을 먹으면 완전히 정신질환자처럼 돌변해서 자살까지 시도하는 일이 벌어진 겁니다.

부모는 자기 인생을 희생해서 아이를 남부럽지 않게 키우려고 애썼지만, 결과적으로는 아이 인생을 망친 것이 되었어요. 흔히 아이를 키울 때 집안 형편에 맞지 않게 과분하게 지원하는 것을 아이를 위해서라고 생각합니다. 그렇게 못 해 주면 부모 노릇 못 하는 거라고 여겨서, 빚을 내서라도 뒷바라지를 하려고 합니다. 그러나 그것이 도리어 자식 인생과 부모 인생을 망가뜨릴 수 있다는 걸 알아야 합니다.

만약에 부모가 직장을 잃어서 가정 형편이 어렵게 되었다면 아이에게도 그런 상황을 알려야 합니다. 그래서 아이도 용돈을 절약하도록 의논하고 어려운 시기를 함께 헤쳐 나가야 해요. 부모가 무거운 짐을 혼자 짊어질 필요가 없습니다.

만약 가게를 운영하고 있는데 상황이 어렵다면 아이들을 데리고 가게에서 설거지를 시키든지 심부름을 시키세요. 부모는 죽어라고 밤늦게까지 일하면서 아이한테는 힘든 내색을 안 하면 아이는 부모가 같이 있어 주지 않는 것만 탓하게 됩니다. 이럴 때는 아이가 아빠와 엄마 일을 도울 수 있도록 하는 게 좋아요.

아이가 부모의 어려운 상황을 보고 상심할까 싶어 숨기는 분들이 있는데, 그것을 나중에 알게 되면 오히려 정신적 충격을 받습니다. 중학생 정도 되면 부모의 어려움도 알고 고통도 나눌 줄 알아야 합니다. 그래서 가난을 부끄러워하지 않아야 해요.

아이와 함께 어려움을 극복해 가다 보면 오히려 더 빨리 성숙하고 어른이 됩니다. 집안의 어려움이 아이를 성장시키는 결과가 되지요. 부모가 가난에 대해 위축되고 스스로 부끄러워하면 아이도 가난한 부모를 부끄러워하게 됩니다.

따라서 무엇보다 엄마 아빠가 당당해야 해요. 피아노를 전공하는 것은 꼭 레슨을 따로 받지 않아도 할 수 있습니다. 아이가 정말 하고 싶어 한다면 선생님 집에 가서 심부름을 해 주더라도, 무슨 수를 써서라도 자기가 합니다.

이처럼 하고 싶어 하는 것을 막지 말되, 특별히 지원해 줄 수는 없다는 것을 분명히 얘기하면 아이도 대안을 생각하게 됩니다. 다른 공부 하면서 취미로 피아노를 계속 배우든지, 아니면 자기 나름대로 열심히 배워서 재량껏 음대를 가든지 할 수 있어요.

지금 이 엄마가 잘못 생각하는 것은, 아이가 하겠다면 집이라도 팔아서 도와야 하는 게 아닌가 걱정하는 겁니다. 그러나 피아노에 뛰어난 재능이 있는 것도 아닌데 집까지 팔아서 지원할 필요는 없어요. 또 중학교 1학년 때 생각하던 것이 2학년, 3학년이 되어 바뀔 수도 있고, 고등학교에 가서 바뀔 수도 있습니다. 그러면 그때 "그래, 네가 원하는 대로 해라" 이렇게 바꿔 주면 됩니다.

"가난하니까 무조건 안 된다" 하면 아이가 위축되고, "무조건 해 준다" 하면 부모의 등이 휩니다. 그러다 보면 아이에게 기대가 커지고 불만이 많아져서 "부모는 이렇게 해 주는데 너는 왜 공부 안 하냐" 이러면서 자꾸 아이를 닦달하게 돼요.

이런 경우 가장 지혜로운 방법은 부모와 아이가 서로 의논해서, 아이의 요구도 충분히 들어 보고 집안 형편도 공유하면서 선택을 해 나가는 게 좋습니다.

지금이
가장
행복한 순간

얼마 전 아이가 시험을 망쳤다며 속상해하던 엄마가 있었습니다.

"중학교 1학년 아들의 중간고사 등수를 알고 난 후부터 아이도 힘들고 저도 힘듭니다. 마음을 편안하게 먹으려 해도 잘 안 됩니다. 아이가 좀 예민한 편이고 완벽주의 성향이 있습니다. 어제는 체육시간에 줄넘기 시험을 쳤는데 줄넘기를 하나도 못 넘어서 빵점을 받았다고 합니다. 평소에 줄넘기를 잘하는데 얼마나 긴장이 되었으면 그럴까 싶기도 합니다. 어떻게 해야 아이도 편안하고 저도 편안하게 지낼 수 있을까요?"

질문했던 엄마에게 아이의 중간고사 등수가 몇 등이냐고 물으니 반에서 8등을 했다고 합니다. 받아온 등수를 보고 엄마와 아이가 힘들었다는 얘기인데, 반에서 8등이면 잘한 거 아닙니까?

"잘했네. 너보다 못한 아이가 잘한 아이보다 훨씬 더 많네."

이렇게 아이의 등을 두드려 주면서 격려를 해 주면 아이와 엄마가 모두 힘 안 들고 좋은데, 엄마가 '요거밖에 못했어?'라고 생각하니까 아이도 힘들고 엄마도 힘이 드는 거예요.

설사 엄마가 겉으로는 성적에 대해 아무런 불만을 얘기하지 않았다 하더라도 아이는 엄마의 표정을 보면 다 압니다.

그러다 보니 아이도 시험 점수에 신경 쓰느라 스트레스를 받고 엄마도 성적 보고 표정 관리를 하려니 힘들어집니다.

평소에 아이가 줄넘기를 잘하는데 시험 볼 때 긴장해서 하나도 못할 정도면, 아이가 많이 예민하다는 거예요. 엄마가 시험 성적을 가지고 야단치면 아이가 부담을 느껴서 아는 내용도 틀릴 가능성이 높습니다.

이럴 때 엄마가 해야 할 일은 아이의 마음을 편안하게 해 주는 겁니다.

"서른다섯 명에 8등이면 상위 25퍼센트 안에 들어가네. 성적이 뒤에 있는 아이는 어떻게 살지?"

이처럼 가볍게 웃으면서 아이를 격려해 주는 게 좋아요.

많은 부모들이 아이가 반드시 공부를 잘해야 한다고 생각합니다. 그러다 보니 무의식중에 공부 못하는 아이를 걱정하게 됩니다.

반에서 5등 하면 1등 못 한다고 걱정인데, 10등 하는 아이에 비해서는 잘하는 겁니다. 10등 하면 공부 못한다고 하는데 꼴찌 하는 아이에 비해서는 잘하는 거잖아요. 꼴찌 하는 아이가 문제라고 하지만 학교 안 가겠다는 아이에 비해서는 학교에 가는 것만 해도 고마운 일이에요. 학교 안 가는 게 문제라고 하는데, 사고 치는 아이에 비해서는 학교만 안 갈 뿐이지 남에게 피해 주는 게 없잖아요.

우리는 더 큰 불행을 겪어야 현재 우리가 가지고 있는 조건이 행복인 줄 압니다. 현재 우리에게 주어진 조건이 그대로 행복인 줄 아는 것, 그것이 진리에 눈뜨는 거예요.

이 아이는 지금 공부에 대해 강박관념이 생긴 상태예요. 심해지면 정신적으로 문제가 생길 수 있습니다. 이때는 아이를 위해서 엄마가 대범한 태도를 취해야 해요.

아이가 밤에 공부하면 "성적이 밥 먹여 주냐. 괜찮아, 일찍 자"라고 말해 주고, 늦게까지 공부를 하면 "잠이 부족하면 알던 것도 생각이 안 날 수 있단다. 푹 자고 내일 가서 아는 대로 쓰면 돼"라고 말해 주는 거예요. 이 아이는 엄마가 공부 그만하고 일찍 자라고 하면 오히려 방문 잠가 놓고 자는 척하며 공부합니다.

제가 초등학교 다닐 때 우리 집에서는 호롱불을 켰어요. 석유

를 한 말 사서 1년을 써야 하니 너무 늦게까지는 불을 못 켜게 했어요. 숙제나 공부를 하려고 하면 빨리 끄고 자라고 할 정도였습니다.

그래서 제가 생각해 낸 것이 담요로 문을 가리고 책을 읽는 거였어요. 아버지가 자라고 하면 "네, 알았습니다"라고 대답하고 공부를 하는 거예요.

어느 날은 학교 갔다 와서 마루에서 공부하고 있으면 아버지가 작대기로 마룻장을 때리면서 "야! 이놈아, 공부하면 돈이 생기나 밥이 생기나. 얼른 풀 베러 가라"고 하면 망태기 들고 산에 가서 공부를 했어요. 아버지 몰래 숨어서 한 거예요.

물론 시험 보는 게 싫고 공부하기 귀찮았지만, 부모가 하지 말라고 하니까 오히려 공부가 소중하게 느껴졌던 거예요.

이처럼 스스로 필요해서 공부를 하면 자생적 욕구가 생깁니다. 그런데 지금 부모들은 아이가 스스로 하고 싶은 생각이 들기 전에 과잉으로 시키다 보니 아이가 공부하기 싫도록 만든단 말이에요. 그러니 그 매듭을 부모가 먼저 풀어 주어야 해요.

믿는 만큼
크는
아이들

제가 옛날에 한 아이의 과외 지도를 한 적이 있었습니다. 그 집은 과목마다 고액 과외를 시킬 정도로 부자였는데, 저를 특별 초빙하길래 시간이 없다니까 밤 12시에 와서 해달라는 거예요. 대학 입시에 한 번 떨어진 재수생이었는데, 한두 달 가르쳐보니 공부에 의욕이 전혀 없었어요.

부모는 각자 자기 볼일 보러 다니느라 바쁘고, 자식에게는 고액 과외를 시키니까 아이 뒷바라지를 잘하고 있다는 식이었어요. 집안의 조건은 풍족하고 남부러울 게 없는데, 정작 아이는 공부할 마음도 없고 사는 게 귀찮다는 얼굴이었어요.

공부하고 싶은 마음이 없다 보니 가르쳐 봐도 늘 멍하니 앉아만 있는 거예요. 그래서 하던 공부를 접고 저녁 때 아이와 함께 북한산에 올라갔어요.

저녁 8시에 올라가서 11시가 다 되어 정상을 밟고 내려오는데, 제가 잘못해서 다리를 삐었어요. 잘 걷지를 못하니까 비상 상황이 된 거죠.

어쩔 수 없이 아이가 저를 업고 지치면 쉬었다가 또 부축하다가 간신히 산 아래까지 내려왔어요. 시간을 보니 새벽 4시. 아이가 죽을 힘을 다해서 저를 부축해 내려온 겁니다.

그런데 그 이후로 아이가 확 바뀌었어요. 무기력하고 멍하기까지 하던 아이의 눈빛이 달라진 거예요. 생기가 돌고 의욕이 생겼는지 공부를 하기 시작하더라고요.

마음이 바뀌니까 집중력도 달라질 수밖에 없죠. 그렇게 열심히 하더니 결국 원하는 대학에 들어갔어요. 부모가 저한테 고맙다고 인사를 많이 했어요.

아이에게 공부만 가르친다고 되는 게 아니에요. 의욕이 없고 무기력한 아이들은 자극이 필요해요. 고생을 하든지, 힘든 여행을 하든지 해서 스스로 헤쳐 나갈 수 있는 경험을 좀 쌓아야 합니다.

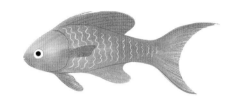

　그러기 위해서는 부모가 시간과 마음을 내야 합니다. 아이를 닦달하고, 과외를 시킨다고 문제가 해결되는 게 아니에요. 그보다는 아이의 내면 가장 밑바닥에서부터 '살아야겠다', '지금 이 상황을 헤쳐 나가야겠다'는 생존의 욕구가 먼저 싹터야 해요.

　의욕이 없고 무기력한 아이들은 자신감이 없는 거예요. 내면에서부터 싹트는 정신세계가 있어야 하는데, 시키는 대로만 하며 살아서 자기 세계가 없는 겁니다. 부모가 아이를 인형처럼 소유하면서 '자아'마저도 부모의 생각대로 만들어 주려고 한 인과예요. 아이들은 스스로 책임지고 문제를 해결해 나갈 때 제대로 성장합니다.

　제가 인도 빈민촌에 세운 학교인 수자타아카데미의 아이들을 보면 잘 알 수 있어요.

　인도의 빈민촌에서는 부모가 아이를 낳으면 그냥 버려두다시피 해요. 형편상 아이의 교육을 위해 부모가 역할을 못해요. 그래서 그 역할을 학교에서 대신하고 있습니다.

　이곳 아이들은 초등학교만 졸업하면 일하러 가야 하니까, 몇몇 아이들이 중학교를 만들어서 공부하게 해달라는 거예요. 그래서 제가 제안을 했어요.

"너희 동네에 유치원을 만들어서 아이들을 돌봐 달라고 하는데, 그럼 너희들이 유치원 선생 할래?"

"네, 할게요."

아이들이 흔쾌히 좋다고 해서 오전에는 유치원 선생 하고, 오후에는 중학교 공부를 하기로 했습니다.

그런데 중학교 1학년짜리를 유치원 선생을 시켰는데 1년쯤 지나니까 아이가 어른이 되어 버렸어요. 초등학교 6학년은 어린 애 같은데 중학교 1학년은 어른이 되어 버려요.

선생을 1년 하고 나니까 확 달라지는 거예요. 제 손도 제대로 안 씻던 애가 유치원 애들한테 손 씻었나 안 씻었나 검사하니까 자기 생활도 달라지죠.

전체 1,800여 명 되는 유치원 아이들을 17개 동네 유치원에서 중학생 100명이 다 돌봅니다. 출석 체크하고 간식 먹이고 전부 다 운영을 해요. 그리고 고등학교 올라가면 초등학교 1학년을 가르쳐요. 그리고 대학에 가면 초등 상급반과 중학생을 가르칩니다. 그래서 교사 자격증을 가진 교사 한 명 없이도 학교가 돌아가요.

인도에서는 학교 출석 일수는 중요하게 생각하지 않고 대신 중학교, 고등학교 올라갈 때 시험을 칩니다. 그런데 정부 학교에는 1등급이 한두 명밖에 안 나오는 반면, 우리 학교에서는 대부분이 1등급이에요.

초등학교 때 인도 아이와 한국 아이를 비교하면 한국 애가 열 배는 더 똑똑합니다. 중학교 올라가면 한국 아이가 조금 더 똑똑하지만 반면에 인도 아이는 자립심이 강해서 뭐든 스스로 해요. 고등학교, 대학교 가면 한국 아이는 어린애예요. 하지만 인도 아이들은 자기 인생을 스스로 개척할 뿐 아니라 다른 사람을 가르치고 도울 정도의 수준이 됩니다.

이처럼 아이들은 얼마나 믿어 주고 맡겨 주는가에 따라 달라지는 존재입니다.

좋은 아내,
좋은 엄마라는
착각

"책 읽는 저와 남편 곁에서 아이들은 빈둥거리거나 만화책을 봅니다. 저와 남편은 화목합니다. 아이들을 윽박지르지 않고 잘 키우고 싶은데 어떤 마음으로 대하면 좋을까요?"

아이가 공부는 안 하고 만화책만 봐서 화가 나고 속상하다는 얘기예요.

공부를 안 하고 만화책만 본다고 야단칠 일은 아닙니다. 이럴 때 대화로 풀어야 해요. 아이는 지금 당장 즐겁고 재미있는 것만 보지 미래를 내다보지는 못합니다. 그러니까 아이와 대화하면서 설명을 해 주는 것이 좋습니다.

"엄마 아빠가 살아 보니까 지금 좋은 게 나중에도 꼭 좋은 것만은 아니더라. 지금은 만화책만 재미있고 공부는 하기 싫지? 그런데 맛있다고 많이 먹으면 나중에 배 아프듯이 만화책만 치중해서 보면, 나중에는 사고의 폭이 좁아질 수도 있어."

부모는 경험을 해 봤으니까 알지만, 아이는 미래가 안 보이니까 알 수가 없잖아요. 부모가 공부 안 한다고 야단치면 강요당하는 느낌이 들어서 공부가 점점 싫어지는 거예요. 이 문제는 대화를 통해서 풀 일이지 야단칠 일은 아니에요.

그리고 부부간에 화목하다고 자신 있게 말하는데, 그것은 착각일 수 있습니다. 부부지간에 아무리 사이가 좋다 해도 약간의 상처나 갈등은 있게 마련이에요.

그런데 "우리 부부는 사이가 좋아요." 이렇게 본인이 답을 내놨어요. '우리 부부는 사이가 좋다. 아빠도 어릴 때 공부를 잘했고, 나도 어릴 때 공부를 잘했다. 그러니까 부모는 문제가 없는데, 아이들은 대체 왜 그런 거냐?'라는 뜻이에요.

이 엄마 이야기를 들으니까 미국에서 깨달음의 장을 열었을 때 참가한 부인이 생각납니다. 그 부인은 결혼생활 17년째가 된다는데, 수련하러 오자마자 집안 걱정만 하는 거예요.

"제가 없으면 남편은 밥도 제대로 못 먹을 거고, 애도 제대로 못 돌볼 거고, 직장도 제대로 못 나갈 거예요."

"부인이 없어도 사는 데 아무 지장이 없어요. 오히려 부인이 없으면 좋아할지도 모릅니다."

"스님이 모르셔서 그렇지, 우리 남편은 저 없으면 못 살아요."

그러면서 남편이 자신에게 얼마나 의지하는지 이야기하는 겁니다.

"제가 없으면 우리 남편은 옷도 못 입어요. 아침에 양말도 제가 신겨 주고 와이셔츠도 입혀 주고 넥타이도 매 줍니다. 그래서 남편은 아침 먹고 속옷만 입고 앉아 있어요. 그럼 제가 설거지해 놓고 다 입혀 주면 그제야 나갈 정돕니다. 그래도 저는 남편에게 잔소리라고는 해 본 적이 없어요."

그런데 그 남편이 부인을 수련장에 데려다주고 돌아가기 전에 저를 보자고 하더니 이렇게 말하는 겁니다.

"스님, 여기 며칠 있으면 인간이 됩니까?"

부인의 이야기와 완전히 반대되는 말이잖아요. 아내가 정말 달라졌으면 좋겠다는 생각으로 수련장까지 데려다준 거예요.

그런데 부인은 수련 내내 자신은 착한 사람이라는 생각에 사로잡혀서 자기 벽을 깨지 못했어요. 5일간 자신을 돌아보면서 자기 벽을 넘어야 하는데, 한 단계도 넘지를 못한 거예요.

반면 다른 사람들은 죽니 사니 하고 왔다가 끝날 때쯤 얼굴이 밝아지고 좋아져서 돌아갔어요.

그 모습을 보더니, 그 부인도 좀 다른 생각이 들었던 모양이에요. 그동안 자기는 아무 문제가 없다고 계속 주장했는데, 다른 사람은 다 전보다 좋아진 반면 자기는 변화가 없으니까 스스로 생각해도 뭔가 문제가 있나 싶었나 봅니다.

"스님, 제가 고집이 좀 세죠?"

"그걸 어떻게 알았어요?"

"다른 사람들을 보니까 제가 좀 그런 것 같기도 하네요."

그런데 한두 달 지나서 그 부인의 언니가 전화를 했어요.

"스님, 동생이 정말 많이 좋아졌습니다. 어떻게 하셨기에 동생이 저렇게 변할 수 있었나요?"

부인이 집에 가서 많이 바뀌니까 남편도 좋아하면서 그 다음 수련에 참석했어요. 수련 중에 화가 났던 이야기를 하는데, 남편이 부인 이야기를 하는 거예요. "저는 옷을 수수하게 아무거나 입고 다니는 걸 좋아합니다. 그런데 아내는 너무 까다로워요. 양복, 와이셔츠, 넥타이까지 맞춰 입어야 한다고 고집을 부립니다. 양말, 구두까지 간섭해요. 그 때문에 스트레스를 많이 받았습니다. 아내가 착하고 살림도 잘 살고 애도 잘 키우고 다른 건 나무랄 게 없는데, 이 문제 때문에 자꾸 갈등이 생겼어요. 제가 옷을 입으면 아내가 마음에 안 든다고 쟁쟁거려서 결국은 다 벗고 새로 입어야 했습니다. 그거 갖고 싸우다가 요즘은 아예 안 입고 기다립니다. 입어 봐야 어차피 벗을 거니까요. 어떤 때는 급하게 나가려는 사람을 잡아서 넥타이 벗기고 와이셔츠까지 다 벗기기도 했어요. 그럴 때면 어찌나 화가 나는지 옷을 바닥에 집어 던지고 구둣발로 짓이기고 싶더라고요." 그런데 다른 건 문제가 없고 착한 여자라서 뭐라고 하기도 그렇다는 거예요. 그러니까 우리가 자기 자신을 모를 수가 있다는 겁니다. '우리 부부는 아무 문제 없어요'라고 해도 무엇이 숨어 있는지는 모른다는 거예요.

'나는 착하다' 하는 생각은 굉장히 위험해요. 이 세상에서 제일 무서운 여자가 착한 여자예요. 제가 남자들한테도 "착한 여자 조심하라"고 말합니다. 착한 여자는 어릴 때부터 옆에서 "아이고, 착하다 착하다" 이렇게 들어왔기 때문에 자기가 잘못했다고는 상상도 못합니다.

상담한 엄마 입장에서는 아이들이 부모와는 달리 공부를 안 한다고 하지만, 아이는 집안의 어떤 것에 영향을 받을 뿐이에요. 아이가 부모를 닮는다는 것을 잘못 생각해서, 부모는 어릴 때 말 잘 듣고 공부 잘했는데 아이는 왜 그걸 안 닮느냐고 합니다. 그러나 아이는 부모가 공부를 열심히 한 걸 본 적이 없잖아요. 아이는 태어나서 지금까지 가정 안에서 일어나는 것만 보고 배운 거예요. 이 엄마는 자기 점검을 한번 해 보는 게 좋아요. 자신을 잘 살펴보고 원인을 스스로 알아야 아이들 문제도 해결할 수 있습니다.

지은 인연의
과보는
피할 수가 없다

둘째아들이 고등학교 1학년인데, 3월에 입학하면서 학교 부적응으로 담임선생님과 갈등이 있었습니다. 신경정신과에 갔더니 주의력결핍과잉행동장애ADHD라는 진단을 받았습니다. 담임선생님은 우리 아이를 대안학교에 보내라고 했지만, 의사선생님은 아이에게 맞는 약물을 찾으면 한 달 안에도 좋아질 수 있으니 지금처럼 학교생활을 하라고 했습니다. 담임선생님과는 입장 차이로 소통이 어려웠는데, 학년부장 선생님이 한 학기라도 더 공부해 보자고 하셨습니다. 두 달 정도 지나니 아이는 좋아지기 시작했는데, 유독 담임선생님께는

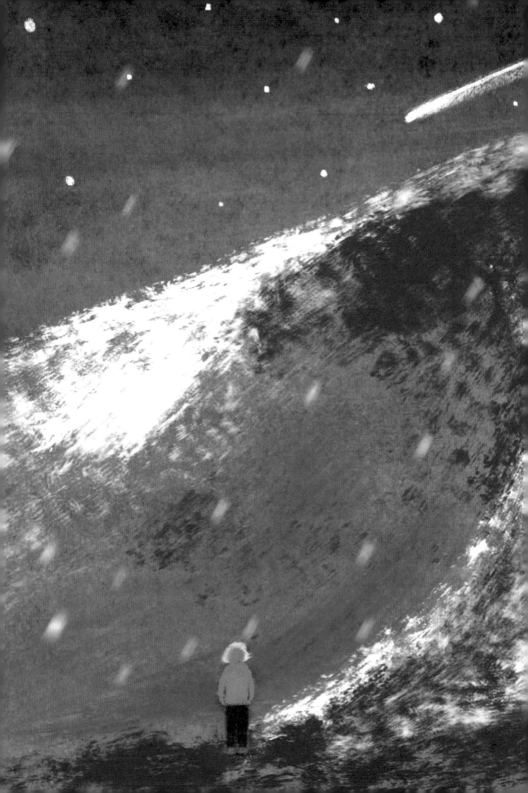

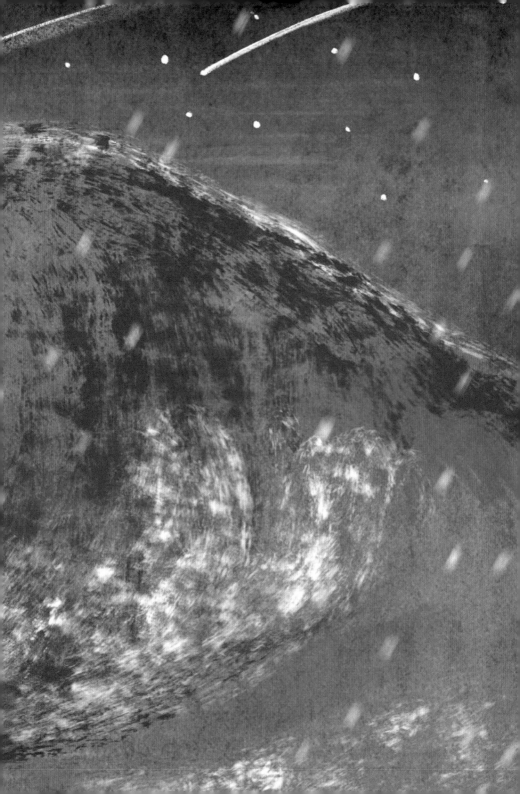

아이가 과잉 대응을 합니다. 결국 담임선생님이 교장 선생님께 말씀드려, 휴학하고 내년에 복학하라는 권유를 하셨습니다. 담임선생님과 학교 측에 어찌 대응해야 할까요?"

질문한 분의 마음속에는 '담임선생님이 내 아이를 부정적으로 본다'는 원망이 좀 있습니다. 그러나 담임선생님은 한 아이만을 위해서 학급을 운영하는 게 아니니까 여러 아이를 다 생각해야 하잖아요.

선생님이 아이들을 가르쳐야 하는데, 한 아이가 선생에게 대들면 선생 체면이 안 서기 때문에 다른 아이들을 통솔하기 어려워집니다. 따라서 선생님의 입장을 이해해야지, 선생님이 문제라고 생각해서는 안 됩니다.

내 아이의 문제지 선생님이 문제는 아니란 걸 먼저 받아들여야 '다른 선생은 괜찮은데 유독 이 담임선생님만 문제다' 하는 원망이 없어집니다.

ADHD 같은 병은 생기게 된 근본 원인을 잘 살펴보아야 합니다. 우선 유전적인 요소가 있든지, 그렇지 않다면 아이 엄마가 분노 때문에 감정을 주체할 수 없는 상태가 있었을 겁니다.

이런 마음이 아이에게 영향을 끼친 거예요. 부정적인 마음이 씨앗으로 심어져서 아이가 사춘기 때 발아된 겁니다.

지은 인연의 과보는 피할 수가 없습니다. 아무리 깊은 산속, 깊은 바다 속에 숨는다 하더라도 한 번 지은 과보는 피할 수가 없어요. 언제 싹이 터도 틉니다. 그런데 그것이 사춘기 때 싹트니까 친구를 잘못 사귀어서 그렇다, 담임선생님을 잘못 만나서 그렇다, 누구 때문에 그렇다, 하면서 내 책임을 회피하는 거예요. 결혼해서 나타나면 우리 아들 멀쩡한데 여자 잘못 만나서 그렇다, 우리 딸은 멀쩡한데 남자 잘못 만나서 그렇다, 시댁이 문제라서 그렇다, 이렇게 얘기하는데 그렇지 않습니다.

아이를 보면서 지나온 나의 마음을 돌아볼 필요가 있습니다. 아이를 키우는 동안 남편에게 어떤 마음이었는지를 살펴봐야 합니다. 그러고 나서 남편에게 먼저 참회 기도를 해야 합니다. 그리고 아이에 대해서 이해하는 마음을 내야 해요.

'그런 씨앗이 심어져서 지금 싹이 트는 거구나, 얼마나 힘들까.'

그리고 선생님에 대해서도 '아이가 과잉 반응을 하니 얼마나 힘드실까' 이런 마음이 되어야 합니다.

그래서 담임선생님과 얘기할 때도 "선생님, 죄송합니다. 우리 아이 때문에 아이들 가르치는 데 얼마나 힘이 드시겠습니까" 이렇게 선생님의 노고를 헤아려야 합니다. 그럴 때 선생님도 힘들지만 엄마의 진심을 이해하게 됩니다.

그런데 엄마가 담임선생님은 무시하고 윗사람에게 얘기해서 결론을 내려고 하니 담임선생님도 반감이 생기는 겁니다. 자신의 입장만 생각하면 상대의 말과 행위가 서운할 수 있지만, 한번

만 입장을 바꿔서 생각해 보면 이해할 수가 있습니다. 그러니 개학하기 전 단 일주일이라도 열심히 기도를 하고, 잘못을 참회하는 마음으로 선생님께 가서 사죄한 다음 학교에 다닐 수 있도록 요청하는 겁니다. 그래도 선생님이 안 된다고 하면, 그대로 받아들이고 선생님을 원망하면 안 됩니다.

이것을 기회로 약 6개월 정도 휴학해 보는 것도 괜찮아요. 이때 엄마는 기도를 하고, 아이도 치료를 받으면 좋습니다. 그 기간 동안 아이가 정신적인 건강을 되찾는다면, 오히려 담임선생님께 고맙다고 인사할 수도 있는 거예요.

무조건 학교를 휴학하면 안 된다는 생각에 사로잡히지 말고, 어떤 결정이 나더라도 좋은 기회로 받아들이면 다 좋아집니다.

1년간 휴학을 해도 아무런 문제가 없어요. 현재 상태에서 최선을 다해 기도하고, 그 마음으로 노력해 보고, 그래도 안 된다면 휴학을 하고, 편안한 마음으로 기도하면 맺혀 있던 것들이 하나씩 풀려 나가게 됩니다.

감싸기만 하면
아이를
망친다

"중학교 2학년 아이가 집에서는 편안해하고 품에도 잘 안기는데, 학교에서는 힘들어합니다. 선생님께 반항하고 엉뚱한 행동으로 수업을 방해하고 무단 외출을 하기도 한다고 합니다. 친구들에게 심부름도 시키고 맘대로 안 되면 때린다고 하는데, 그냥 지나가는 과정으로 두고 봐야 할까요, 아니면 제가 어떻게 가르쳐야 할까요?"

아이를 과잉보호해서 집에서는 별일 없는 것 같지만, 바깥에 가서는 벌써 남에게 피해를 주는 경우입니다. 그런데도 부모는 아직 문제의 심각성을 모르고 있어요. 그대로 두면 남에게 피해를 주는 것을 넘어서 부모가 감당하기 힘든 길로 빠질 수도 있습니다. 따라서 문제가 발생한 초기인 지금 바로잡아야 합니다.

이 부모는 아이를 지나치게 감싸고 과잉보호해서, 야단을 쳐도 조금 치다가 맙니다. 아이를 아끼는 마음에서 야단조차 못 치는 거예요. 그렇다고 해서 이런 아이를 갑자기 야단치기 시작하면 어긋납니다. 그러면 부모에게도 반항하는 아이로 변해요. 이미 잘못 키운 거예요.

그럼 어떻게 해야 할까요? 먼저 부모가 잘못 키운 죄를 참회해야 합니다(참회기도 QR코드).

'아이를 잘못 키워 죄송합니다. 부모가 모범을 못 보여 줘서 죄송합니다.'

매일 절하면서 이렇게 참회해야 해요. 그리고 이번 방학에 엄마든 아빠든 아이를 데리고 인도 여행을 가보세요. 배낭 메고 서너 시간씩 기다려서 기차 타고, 허름한 데 가서 밥 먹고, 되도록 걸어서 다녀야 합니다. 한 달 이내는 안 되고, 한 달 이상 둘이서 같이 고생을 해야 해요. 그런데 함께 가는 부모가 자기 편하자고 쉬운 데로만 가면 절대로 애 버릇을 못 고칩니다.

아이와 부모가 고생을 같이 하고, 가난한 사람도 보고, 어려움도 겪어 보고, 잠도 제대로 못 자고 굶어도 보면 금방 고칠 수 있습니다.

그러자면 부모부터 고통을 감내해야 합니다. 자식이 힘들어하는 모습을 보고 불쌍한 마음을 내면 절대로 안 됩니다. 냉정해야 아이를 바로잡을 수 있어요. 지금은 냉정한 사랑이 필요하지 감싸기만 해서는 안 돼요.

한 달 넘게 고생하고 돌아온 이후에는 엄격하게 대해야 합니다. 남에게 피해를 주는 것은 집에 와서 딱 바로잡아야 해요. 때리라는 게 아니라 어리광을 받아 주지 말고 단호한 태도를 취하라는 거예요.

중학생 정도 되면 어른으로 대우해야 합니다. 밥 먹으면 설거지 시키고, 방청소도 다 하게 해야 해요. 초등학교 때부터 아빠가 형광등 갈아 끼우면 의자라도 잡아 주도록 하는 것이 교육이에요. 영어 잘하는 게 교육이 아닙니다. 미국 뉴욕에 가면 거지들도 다 영어 할 줄 압니다. 그런데 왜 거지로 살까요?

아이가 학교에서도 문제를 일으키는데, 선생님도 손을 쓰지 못 하고 있습니다. 지금 학교교육이 안 되는 이유는 근본적으로 가정교육이 안 돼 있어서예요.

선생님도 아이들을 야단칠 거는 치고 정말 사랑해서 봐 줄 건 봐 줘야 하는데, 단순히 월급쟁이로만 생각하고 적당히 합니다. 아이를 잘못 건드리면 엄마가 학교, 교장선생님한테 연락하니까 일이 시끄러워지잖아요. 그러다 보니 적당히 하게 되는 거예요.

부모가 학교에 가서 선생님을 선생님으로 대우해 줘야 아이도 선생님으로 생각하는데, 선생님을 아랫사람처럼 대하니까 아이들도 선생님에 대해서 존경심이 없는 거예요.

  이미 아이의 행동에 문제가 생겼는데, 그냥 지나는 과정이라고 쉽게 생각할 일이 아니에요. 지금 부모가 자식의 미래를 위해서 늦기 전에 결단을 내려야 합니다.

남을
이해하지 못하면
내가 괴롭다

"아들이 올해 전문계 고등학교에
진학했다가 인문계 고등학교로 전학을 갔습니다. 거기서부터 갈
등이 계속되고 있는데요. 아이는 공부를 따라갈 수 없고 알지도
못 하는 수업 내용을 들으면서 시간낭비 하는 게 싫다, 학교에
가도 존재감이 없고 그림자 같은 존재다, 이미 문제아로 찍혔으
니까 잘할 필요도 없다면서 무단결석, 무단이탈, 지각을 계속하
고 있습니다. 이제는 방문 쪽으로 침대를 옮겨 놓고 아무도 들어
오지 말라고 방호벽까지 쳤는데, 이 아이를 어떻게 도와주는 게
좋을까요?"

학교에 안 가려는 아이를 어떻게 도와줘야 할지 몰라 상담해 온 엄마의 이야기입니다.

결혼생활을 하다 보면 남편이 '나를 이해해 주었으면 좋겠다' 하는 생각이 들 때가 있을 겁니다. 아이도 엄마가 '나를 좀 이해해 줬으면 좋겠다' 하고 생각해서 힘든 상황을 이야기한 거예요.

그런데 아이 마음을 이해하기보다는 '학교 좀 갔으면 좋겠다', '학생이 학교 가는 게 뭐가 그리 힘든 일이냐', '그걸 가지고 뭘 죽겠다고 엄살이냐' 이렇게 생각하니까 아이를 이해하지 못 하고 야단만 치게 됩니다. 그러다 보니 아이는 엄마에게 더 이상 이야기하지 않고 방호벽까지 쳐버린 거예요.

똑같은 아이를 두고도 '애가 얼마나 답답할까!', '공부한다고 얼마나 힘들까!' 이렇게 생각하면 아이에게 위로가 되고, 내 가슴도 시원해지고 편안해집니다.

아이의 모습을 보면서 먼저 자신을 돌아볼 필요가 있어요. 남편에게 투정 부리고 요구사항이 많았을 겁니다. 자신의 이야기를 안 들어준다고 집 나간다느니, 그만 살겠다느니 원망도 많았을 거예요. 그런 자신의 모습을 먼저 돌이켜 봐야 아이를 이해할 수 있습니다.

'아, 내가 겪어 보니 남편이 이해가 된다. 나는 나대로 여러 가지 문제가 있다고 했지만 그건 내 생각이고 남편의 입장에서 볼 때는 정말 얼토당토않게 시비를 거는 여자였구나. 남편이 얼마

나 답답했을까. 아이가 하는 걸 보면서 나를 돌이켜 보니, 남편이 참 힘들었겠다 싶다.'

이런 마음으로 남편한테 참회 기도를 지극하게 하면, 과거의 상처가 점점 아물게 됩니다. 내가 변하면 아이도 엄마를 고맙게 생각하는 쪽으로 변할 가능성이 있어요. 엄마가 변하지 않으면 아이는 변하기 어렵습니다.

엄마가 참회 기도를 하면 아이도 따라서 엄마한테 참회해 주면 얼마나 좋겠어요. 그런데 아이는 아직 어려서 그게 안 됩니다. 이때는 전에 '남편이 이랬으면 좋겠다' 하는 게 있었다면 그걸 돌이켜 내가 아이를 이해해 주는 마음으로 나아가야 합니다.

이때 아이가 학교에 안 가겠다면 다시 한 번 생각해 보는 게 좋습니다. 아이가 학교에 가서 다른 아이를 두들겨 패고 성추행하고 남의 돈 갈취하는 건 아니잖아요. 남한테 해를 끼치는 건 아니니까 다행이라 생각해야 합니다.

그런 다음 먼저 아이와 의논하고, 그 다음 선생님과 의논해서 한 학기 휴학을 하든지, 1년 휴학을 하든지, 아니면 학교에서 허용되는 기간에 아이와 함께 여행을 하는 게 좋습니다.

남편과도 상의해야 하는데, 이때 아내의 주장을 무조건 내세우지 말고 남편이 이해할 수 있도록 잘 설명해 보세요.

공부에 대해서는 더 이상 생각하지 말아야 합니다. 공연히 부모 욕심에 '공부, 공부' 하다가 안 좋은 일이 생기면 어떻게 하겠

어요. 지금은 공부가 제일 중요한 것 같지만 인생을 길게 놓고 봤을 때는 크게 중요한 게 아니에요.

이 상태로 두면 대학에 가더라도 휴학을 하든 어쨌든 무슨 일이 생겨도 생길 거니까 지금 치유하는 게 훨씬 좋습니다.

"아이가 학교를 안 가고 바닷가를 배회하다가 항상 집으로 돌아옵니다. 방학 때도 보충수업을 했어야 하는데 안 가니까 선생님께서 집에서 지내게 해 보라고 하셨어요. 그때는 애가 정말 행복해하더라고요. 학교만 벗어나면 행복하대요."

엄마의 말 속에 아이가 학교를 얼마나 싫어하는지 알 수 있습니다. 그러니 아이를 억지로 보내지 말고, 아이와 얘기해서 "어차피 다녀야 할 학교니까 그냥 나가기만 하고, 공부는 안 해도 좋으니 학교 가서 놀아라." 이렇게 말해서 다니게 할 수도 있어요.

아이가 이것도 싫다고 하면 한 학년 정도 휴학을 해서 쉬도록 하는 게 나아요. 그러고 집에서 공부하고 싶으면 공부하고, 놀고 싶으면 놀도록 하는 겁니다.

이때도 학교 못 가는 걸 안타까워하면 안 됩니다. 아이의 심리 안정이 중요하지, 학교가 중요한 게 아니에요.

공부는 2년이든 3년이든 나중에 해도 됩니다. 그것도 아니면 학교를 그만둬도 인생 사는 데 아무 지장이 없어요. 아이가 정신적으로 건강한 다음에 공부도 있는 거예요.

휴학을 시키고 자기가 하고 싶은 게 있다면 아르바이트 등을 해서 벌어 쓰라고 해도 됩니다. 중국집 가서 심부름도 해 보고, 쇼핑센터 가서 일도 해 보고, 자기가 하고 싶은 걸 하게 놔두면 돼요.

아무튼 무엇이든 해서 몸을 움직이는 게 좋습니다. 지금 이 아이는 부정적인 생각에 사로잡혀 있는 게 가장 큰 장애예요.

'나는 인생 탈락자이다.'

'나는 해 봐야 안 된다.'

현재 이런 심리에 사로잡혀 있습니다. 이럴 때는 아이가 집에 있으면서 무력감에 빠져 있게 내버려 두면 안 되고, 여행을 한다든지 새로운 경험을 하면서 그 사로잡힘에서 벗어나게 해 줘야 해요. 툴툴 털고 일어날 수 있도록 부모가 현명하게 도와줘야 합니다.

원하는 것이
다 이루어져야
행복한 것은 아니다

"고등학교 2학년 아들이 실업계 고등학교에서 기숙사 생활을 하며 대학 진학반에서 공부하고 있습니다. 내신 성적에 부담이 많다고 제게 이야기했는데, 실업계에서 내신 등급을 못 받으면 어떻게 하느냐고 혼을 냈습니다. 중간고사 시험기간에 학교에 간다고 간 아이가 학교에도 가지 않고 집에도 오지 않고 있습니다. 지금까지 학교에서나 집에서도 문제를 일으킨 적이 없었기 때문에 무섭고 겁이 납니다."

이렇게 부모들이 아이의 마음을 헤아리지 못 하고 자기 생각으로 야단치고, 그런 다음에는 또 후회를 합니다. 세상이라는 게 항상 내 뜻대로 되는 게 아니에요. 그리고 내 뜻대로 되는 게 좋은 것도 아니고, 내 뜻대로 될 수도 없어요.

우리 아들이 공부를 잘했으면 좋겠다, 모든 부모가 바랍니다. 공부 잘하는 거 싫은 사람이 누가 있겠어요. 그런데 자식이 공부를 못한다고 갖다 버릴 수도 없잖아요. 남편이 돈도 잘 벌고 나만 쳐다보면 좋지요. 그런데 남편이 돈을 잘 못 번다고, 그만한 일에 이혼할 수도 없잖아요. 세상살이는 우리가 원하는 대로 이루어지면 좋지만, 원하는 대로 다 이루어지지 않는 게 현실입니다.

'원하는 것이 다 이루어진다'는 말은 환상이고 욕망일 뿐이에요. 원하는 것이 이루어지지 않으니까 원하는 것에 매달려 울고 불고하면서 불행하게 살 것인가, 아니면 그런 가운데서도 행복하게 살 것인가, 이건 선택의 문제예요.

원하는 것이 이루어지지 않으면 인생이 괴로운가? 반드시 그렇지는 않아요. 다 이루어져야 한다는 잘못된 생각을 갖고 있기 때문에 이루어지지 않을 때 괴롭지, 이런 생각이 없다면 이루어지면 좋고 안 이루어져도 그만인 거예요. 이렇게 생각하면 이루어지지 않아도 괴롭지가 않습니다.

또 원하는 게 꼭 이루어져야만 행복한 게 아니에요. 다시 말하면 진수성찬을 차려 놓고 밥을 먹어야만 꼭 맛있는 게 아닙니다. 한 3일 굶으면 밥하고 김치만 먹어도 꿀맛이에요. 열 가지를 차려 줘도 열다섯 가지 반찬 먹던 것을 기준으로 하면 반찬이 부족한 것이고, 스무 가지를 차려 줘도 서른 가지를 기준으로 하면 불만이 생깁니다. 하지만 세 가지를 차려 줘도 못 먹던 것을 기준으로 하면 기쁨이 생겨요. 결국 우리의 기쁨이라는 것은 어떤 절대적인 수치에 따른 게 아니라는 거예요.

20, 30년 전은 지금보다 여러 조건이 떨어졌는데도 그때도 삶의 기쁨이 있었고 희망이 있었어요. 지금은 그때에 비하면 괴로울 일이 뭐가 있냐고 할 만큼 조건이 훨씬 나은데도 어쩌면 괴로움은 더 커지고 불만도 더 많아지고 희망은 더 적어졌는지도 모릅니다. 우리의 기대치가 높아져서 욕구가 더 커져 버렸기 때문이에요.

결국 욕구를 따라가면 영원히 행복에 도달할 수가 없어요. 욕구가 무조건 잘못됐다는 것이 아니라 이 욕구에 대해 적절한 절제를 하지 않으면 결코 행복해질 수가 없습니다. 절제라는 것은 억누른다는 뜻이 아니라 욕구대로 이루어지지 않는 것도 삶의 진실로 받아들여야 한다는 뜻이에요.

아이가 오죽 답답하면 엄마에게 내신 성적 문제를 털어놓았겠어요. 그 마음을 헤아리고 용기를 주고 격려해 주어야 하는데, 도리어 야단을 치니 아이가 어디에 마음을 두겠어요.

"그래, 걱정하지 마. 공부가 인생의 전부는 아니야."

이렇게 등 두드려 주고 껴안아 줘서 다독여야 하는데, 오히려 아이에게 상처 주고 집에서 내쫓은 것이나 마찬가지예요.

"우리 아이가 초등학교 때만 해도 공부를 잘했는데 요즘은 공부도 안 하고 밉상이에요."

이렇게 자식 흉보는 엄마들이 많습니다. 그러나 부모 기대대로 하지 않는다고 자식을 미워하는 것은 엄마 마음이 아닌 거예요.

자꾸 엄마 마음을 못 내고 자기 욕심만 내세우니까, 아들이라도 도저히 그 안에서 숨이 막혀서 살 수가 없는 거예요. 그나마 가출했으니까 다행이지 아이가 극단적인 마음을 먹으면 얼마나 가슴 아프겠어요. 그러니 이제부터라도 100일 동안 바짝 기도를 하세요.

'제가 어리석었습니다. 그래서 아이를 고통 속으로 몰아넣었습니다. 제 잘못을 참회합니다.'

세상에
끌려다니지
마라

대학교 1학년을 휴학하고 사관학교 준비 중인 학생이 부모님과 진로 문제로 갈등을 겪고 심한 우울증으로 정신과 치료를 받았다며 상담을 요청해 왔습니다.

"공부나 일을 해 보려고 해도 물에 젖은 걸레처럼 축 늘어지거나 무기력해지고, 공부하는 책만 보면 고등학교 3학년 때처럼 눈앞이 깜깜해지고 침울하고 두렵습니다. 또 밤에는 잠을 잘 못자고 두려움이 밀려오고, 아직도 부모님 특히 엄마와 성격이 비슷해 보이는 사람만 보면 저도 모르게 신경이 곤두섭니다."

책만 봐도 우울한데 무엇 때문에 공부를 합니까? 왜 억지로 하려고 하나요? '재미있다, 재미있다' 생각하는데도 재미없고, 책만 보면 자꾸 우울해지고 눈앞이 캄캄해지는 공부라면 오늘 당장 그만두는 게 낫습니다. 행복하려고 사는데 지금처럼 눈앞이 캄캄한 것을 왜 합니까?

남을 괴롭히는 것은 아무리 하고 싶어도 안 해야 해요. 그리고 아무리 하기 싫어도 남한테 도움이 되는 것은 해야 합니다.

사관학교를 가고 안 가고가 중요한 건 아니잖아요. 그처럼 괴로운데 억지로 갈 필요가 없다는 거예요. 사관학교에 가기 위해 공부하는 게 재미있고, 설사 좀 힘들어도 한번 해 보겠다는 의지가 일어나면 부모가 반대해도 하면 됩니다.

그런데 그것을 생각만 해도, 책만 봐도 눈앞이 캄캄하고 어지러우면 그 길을 가면 안 되는 거예요. 사관학교 안 가고 딴 일 하고도 얼마든지 살 수 있는데, 굳이 몸과 마음이 안 따라주는 일을 하면서 살 필요가 없잖아요. 혹시 사관학교에 갔다 해도 우울증이 있거나 정신이상이 되면 어떻게 되겠어요. 그러면 자신뿐 아니라 남한테까지 피해를 주게 됩니다.

자신이 보기에 아주 즐겁고 재미가 있고, 조금 힘들지만 그래도 할 만하면 하고, 하고 싶긴 하지만 내 신체나 정신적인 조건에 안 되겠다 하면 포기를 하면 됩니다. 그러고 나서 좀 재미있는 일을 찾아서 하세요.

부모가 자식이 하고 싶은 것을 하도록 진로를 열어 주면 좋은

데, 자기 기준으로 된다 안 된다 하니까 이처럼 아이들이 병이 들어요.

애가 어릴 때부터 아픈 사람 고쳐 주는 데 관심이 많으면 '이 아이는 의사가 돼야겠다' 이렇게 생각할 수 있습니다. 그런데 부모들은 흔히 공부만 잘하면 "의사 되겠네", "법대 가서 판검사, 변호사 돼라" 이럽니다.

삶의 목표가 있어서, 재능이 있어서, 관심이 있어서 직업을 선택하는 게 아니라 오직 돈 많이 버는 것이 최대의 목표입니다. 단순히 돈벌이 수단으로 의사가 되니까 과잉 진료가 일어나고, 돈벌이 수단으로 고시 패스하니까 부정부패에 연루되는 일이 일어납니다.

변호사가 되어서도 가난하고 불쌍한 사람 도와주면 돈을 많이 벌기 힘듭니다. 대기업의 탈세를 돕거나 세금을 깎아 주어서 돈을 몇백 억씩 받아 가지고 나눠 쓰잖아요.

결국 돈만 좇아 직업을 선택하다 보니 못된 짓도 하게 되는 거예요. 그래서 사회가 점점 혼란스러워지는 겁니다. 가난한 사람, 공부 못하는 사람, 재주 없는 사람 때문에 혼란해지는 경우는 별로 없습니다. 거의 대부분 머리 좋고 똑똑한 사람이 세상을 시끄럽게 만들어요.

옛날에 아무도 초등학교 안 갈 때는 초등학교만 졸업해도 학교 선생을 할 수 있었어요. 다 초등학교 다니니까 중고등학교는 졸업해야 했고, 중고등학교만 졸업해도 되었을 때는 상고나 공고 나와서도 훌륭하게 된 사람들이 많았어요. 그런데 전부 고등학교는 나오니까 또 대학을 나와야 되는 거예요. 요즘은 87퍼센트가 대학을 나오니 대학을 나와 봐야 옛날에 초등학교 나온 수준도 안 돼요. 그래서 유학을 갔다 오잖아요. 그런데 유학 갔다 오는 사람도 너무 많다 보니 이제는 유학 갔다 와 봐야 별 볼일 없어요.

이런 식으로 무조건 고학력만 된다고 좋은 게 아니에요. 너도나도 자식을 변호사, 의사를 만들려고 닦달해서, 국민의 절반은 변호사 하고 절반은 의사 하면 개인도 나라도 잘되고 행복할까요? 그 허상에 매달려서 무조건 '공부, 공부' 하니까 아이들의 스트레스가 어른들은 상상하지도 못할 만큼 심각합니다. 또 스스로 생각할 줄 모르니 창의성도 떨어지고 문제를 해결하는 능력도 떨어져요.

엄마가 시킨 대로 했더니 잘된 애는 열 명에 한두 명밖에 안 되고, 나머지는 시킨 대로 해도 안 되니까 저항심만 커집니다. 그리고 주체성이 없으니까 자기 인생에 중심을 못 잡아 방황하면서 "다 엄마 때문이야"라며 책임을 엄마에게 돌려요. 엄마가 만들어 준 인생이니까, 자기반성도 안 하고 자기 노력도 안 하는 거예요. 그러다 보니 결국 엄마한테 자식이 무거운 짐이 되고 있습니다.

그렇다고 아이들이 놀고 싶어 한다 해서 무조건 놀게 내버려 두라는 말이 아닙니다. 내 욕심으로 아이에게 강요하지 말라는 얘기예요. 솔직히 우리가 다 공부를 좋아합니까? 공부는 열 명 중에 한두 명만 하면 돼요. 기본 상식선에서만 배우면 되고 학문을 할 사람은 전문적으로 공부하면 되는 거예요.

진정한 부모라면 자식이 자신의 취향과 기질, 재능에 맞는 일을 찾을 수 있도록 격려해야 해요. 이십 대에는 이것도 해 보고 저것도 해 보고, 여기에서도 일해 보고 저기에서도 일해 보고, 고생도 하면서 제 나름대로 행복을 찾을 수 있도록 해 줘야 합니다.

대기업의 증권회사를 다니며 한달에 1천만 원씩 돈을 벌어도 매일 스트레스를 받고 억지로 다닌다면 그 삶이 과연 행복할 지 의문이 듭니다. 주식이 떨어져 고객들의 항의 때문에 불안해하고 또 보충해 주려다가 더 빚을 진다면, 그걸 알고도 좋다고 할 수 있겠어요? 대기업에 들어가 좋겠다고 하지만 '내일 사표 낼까, 모레 사표 낼까' 이런 마음으로 사표를 주머니 속에 넣고 다닌다면 행복하겠어요? 그 속을 모르니까 좋아 보이는 거예요.

시골에 가서 과수원을 하든 농사를 짓든 소박하게 사는 것으로 좋다 나쁘다 판단할 수 있을까요? 별이 쏟아지는 밤도 즐기고 맑은 공기도 쐬며, 조금 적게 먹고 적게 입더라도 삶을 만끽하며 사는 걸 선택했다면 그게 훨씬 더 행복하다고 할 수 있어

요. 겉으로 보이는 것만으로는 그 사람의 행복을 평가할 수가 없는 거예요.

세상에 끌려다니다 보면 자식도 괴롭고 부모도 괴로워집니다. 그러니까 무엇을 하느냐가 중요한 게 아니라 얼마나 자기가 만족하며 자기 힘으로 살아가느냐가 중요해요. 부모가 자식한테 할 일은, 이러한 가치관을 갖도록 자식을 돕는 것뿐이에요.

수험생을 위한
최고의
기도문

"아이가 고등학교 수험생이 되면
서 짜증이 부쩍 늘고 예민해졌어요. 아이 대하기가 조심스러울
정도인데 어떻게 도와줘야 할까요?"

이렇게 고민을 말하는 부모들이 있습니다.

고등학교 3학년이 되면 고3병이라고 할 만큼 혹독한 시련을
겪습니다. 세상이 어느 대학을 가느냐를 두고 인생의 성공과 실
패를 가늠하기 때문에 불안하고 초조한 것은 이루 말할 수가 없
지요. 더구나 한 번의 시험으로 인생이 달라지는 경우라면 긴장
감은 더할 수밖에 없습니다. 이런 힘든 과정을 겪는 아이를 위해

부모는 과연 어떻게 해야 할까요? 부모로서 아이가 공부를 잘할 수 있도록 도와주고 싶지만, 사실 공부는 아이가 하는 것이니까 엄마는 할 수 있는 일이 없습니다. 다만 곁에서 도울 방법이 있긴 합니다.

고등학교 3학년이면 나이가 열일곱에서 열아홉 사이입니다. 사람마다 차이가 있지만 보통 중학교에서 고등학교 전후를 사춘기라 합니다. 사춘기는 어린아이가 어른으로 변해 가는 시기인데, 신체적으로 변화가 오면서 성인으로 성장해 갑니다.

그런데 옛날에는 신체가 어른이 되면 어른으로 대우했습니다. 그래서 몸이 변하기 시작하는 열다섯 살이 되면 결혼을 시켰지요. 곧 몸이 어른이 될 때, 정신도 어른이라고 대우를 받는 겁니다. 따라서 옛날에는 지금처럼 청소년들이 겪는 갈등이 많지 않았습니다.

그런데 요즘은 몸은 어른이 됐는데 사회적인 조건에서는 어른으로 인정받지 못하기 때문에 아이들이 고뇌합니다. 이런 것부터 먼저 부모가 이해해야 합니다.

아이들을 이해하는 방법에는 두 가지가 있습니다. 하나는 자신이 어릴 때로 돌아가서 그때 어떤 일이 있었는지, 내 마음이 어땠는지 견주어 보면서 '아, 맞아. 나도 그때 그런 고민이 있었지. 저만한 나이에는 그런 고민이 있을 수밖에 없지' 이렇게 이해하는 겁니다.

다른 하나는 내가 자랄 때와 지금 아이들이 자라는 시대는 환경이 달라졌다는 걸 알고 내가 살던 때의 눈으로, 그 기준으로 아이를 보지 않는 겁니다. 즉 지금의 나를 기준으로 해서 아이들을 봐서는 안 된다는 거예요. 내가 그만한 나이 때 어땠느냐를 중심으로 아이들을 이해할 수도 있지만, 그러다 보면 내 경험에 사로잡혀 내 경험을 절대화하게 되고 아이를 비판하는 쪽으로 갈 수도 있습니다. 그렇게 되면 결국 아이가 어긋나게 됩니다. 경험은 사람마다 다르고 또 시대와 상황이 바뀌면 성향도 달라지기 때문이에요.

이 시기에 아이들 머릿속에 늘 떠나지 않고 떠오르는 생각은 뭘까요? 첫째, 친구 문제입니다. 친구 문제 중 대략 70~80퍼센트가 이성 문제이고, 나머지는 동성 친구들과의 문제입니다. 둘째는 가족 문제인데, 이 중에서도 부모의 갈등이 문제입니다.

엄마 아빠가 갈등을 일으키면 아이들 머리가 굉장히 복잡해집니다. 그런데 부모는 아이의 정신을 복잡하게 만들어 놓고, 과외 선생을 붙여 주고 학원비만 대 주고 밥이나 해 주면 별문제 없다고 생각합니다. 그러나 가정이 화목하지 못 하면 아이가 공부에 집중할 수가 없습니다.

이 시기 아이들은 심리적으로 늘 불안한 상태예요. 마음이 초조하고 안절부절못하는데 이것은 욕심 때문에 그렇습니다. 좋은 대학은 가고 싶고, 공부는 뜻대로 안 되고, 날짜는 하루하루 지나가니 초조한 거예요.

부모들은 그 마음을 이해해 줘야 해요. 심리가 불안하면 '이것만 끝내면 다른 일 해야지' 하는 생각이 더 많이 일어납니다. 그래서 아이들은 지금 해야 할 공부 생각보다는 끝낸 후에 하고 싶은 일을 공상하는 데 시간을 보냅니다. 따라서 불안해하는 아이의 심리 상태를 어떻게 안정시켜 줄 것인가 하는 것이 중요한 문제가 됩니다.

그 다음은 습관의 문제가 있습니다. 고3이니 더 일찍 일어나야 하지요. 다들 놀러 갈 때도 고3이라 못 가고, 텔레비전도 고3이라 못 봅니다. 습관적으로 지금까지 당연히 해왔던 일들을 입시생이기 때문에 못 하게 하니, 마치 담배 피우던 사람이 담배 끊으려 할 때 온갖 번뇌가 생기고 반발 심리가 생기는 것처럼 굉장한 스트레스를 받게 됩니다.

부모는 먼저 아이들의 이런 상황을 이해해야 합니다. 부모가 이해하지 못 하면 아이들만의 세계가 형성됩니다. 그래서 기도할 때에도 아이를 이해하겠다는 기도를 하는 겁니다.

그러나 다짐을 해도 사람이란 늘 자기 생각으로 보기 때문에 "네가 고3인데 지금 연애하게 생겼어?", "텔레비전 보게 생겼나?" 이렇게 말하게 됩니다. 부모 입장에서 보니까 그런 거예요.

아이들도 아이들 나름대로 그럴 필요가 있고 이유가 있습니다. 그런데 그것을 못 하게 하면 몰래 하게 됩니다. 결국 얘기가 통하는 사람끼리 만나 의기투합하게 되지요. 같은 생각을 가진 사람끼리 만났기 때문에 그 생각이 틀렸을 때 교정을 해 줄 수가 없습니다. 자기만 그런 게 아니라 다른 아이들도 같은 생각을 하니까 그들 사이에서는 그 생각이 진리가 되는 거예요. 그리고 반항심은 더 강해집니다.

정서도 아주 예민해서 조그만 일에도 눈물이 나고 동정심이 일어나고 쉽게 휩쓸립니다. 그래서 쉽게 나쁜 길을 선택하기도 하고, 갑자기 자극을 받으면 자살 충동을 느끼기도 하는 겁니다.

이 시기는 럭비공이 땅에 부딪히면 어디로 튈지 알 수 없는 것처럼 아이들의 심리가 불안정한 때입니다. 그래서 어른들이 감을 잡기가 어려워요.

이성 문제도 부모 입장에서는 "네가 지금 연애 할 때냐?"라고 하지만 신체 구조상, 주위 여건상 그런 생각이 떠오를 수밖에 없어요. 따라서 야단치기보다는 먼저 아이를 이해해야 합니다.

부모가 아이에게 집착하지 않으면 할 수 있습니다. 아이가 놀고 싶다면 놀 수도 있고, 결혼하고 싶으면 결혼할 수도 있다는 열린 입장이 되면 대화가 가능해집니다.

이렇게 아이를 이해하면 내가 편하고, 아이를 이해하면 설득도 쉬워져요. 단순히 아이에게 "이해한다"고 말하는 것으로 잘못 알아들으면 안 됩니다. 아이를 인정하라는 것이지, 아이가 원하는 대로 다 들어주라는 것도 아니에요. 아이 인생에 간섭도 하지 말고 특별히 애한테 뭘 해 주려고도 하지 말라는 겁니다.

그런데 여러분들은 필요 없는 건 해 주면서 안 해야 할 간섭을 너무 많이 합니다. 그러니까 실컷 도와주고도 인사는커녕 원망만 듣는 거예요. 부부 사이도 마찬가지예요. 아내는 자신이 해야 할 최소한의 역할 이상을 남편한테 합니다. 해 달라고 하지도 않은 것까지 해 놓고 나중에 "내가 너한테 어떻게 했는데 너는 나한테 해 준 게 뭐냐?" 이렇게 말해요.

아무리 좋은 일이라도 상대가 원하지 않으면 그건 상대를 속박하고 괴롭게 하는 겁니다. 그런데 부부간이나 부모 자식 간이나 가족 관계에서는 이러한 속박을 죄라고 생각하지 않아요.

고3을 자녀로 둔 부모의 가장 큰 과제는 '이해'입니다. 아이는 부모가 자기를 이해해 주지 않으니까 답답해하고 스트레스를 받아요. 그러다 보니 더 공부에 집중하지 못합니다.

공부라는 것은 하는 사람 스스로가 자신을 위해서 해야 합니다. 그런데 아이들에게 억지로 공부를 시키니까 아이들은 부모를 위해서 공부를 해 준다고 생각합니다.

내 생각과 아이 생각이 다르면 대화가 필요하고, 내 생각대로 하려고 할 때에는 아이에 대한 집착을 놔야 해요. 아이가 "나는 이렇게 살고 싶다"라고 말했을 때 동의할 수 없으면 "그럼 네가 알아서 살아라" 이렇게 분명하게 말해야 합니다.

그런데 아이에게 집착을 하기 때문에 필요 이상으로 간섭을 하고, 또 집착하기 때문에 외면하는 마음이 생깁니다. 그러다 보면 '그래, 떨어지면 떨어져라. 네 인생이지 내 인생이냐' 이런 식으로 마음이 돌아서 버리는 경우가 있습니다.

하지만 이 마음이 하루도 못 가요. 이튿날 다시 집착하는 태도를 보이니 아이가 신뢰하지 않습니다. 그냥 잔소리로만 듣는 거예요. 부모가 자신이 한 말대로 단호하게 실행하면 아이들은 겁을 내거나 신뢰를 하는데, 자꾸 우왕좌왕하니까 신뢰를 못 하는 거예요. 이런 불안정한 관계를 맺는 이유가 전부 자기 인생을 잘못 살고 있기 때문입니다.

아이를 이해하려면 기도를 해야 합니다. 첫째는 '아이의 마음을 이해하겠습니다' 하는 이해의 기도를 해야 하고, 두 번째는 남편한테 참회 기도를 해야 합니다. 남편에게 직접 잘못했다는 기도를 하라는 게 아닙니다. 남편이 뭐라고 하든 '예' 하는 태도를 가져서 집안이 화목해야 한다는 뜻입니다. 사업이 망했건 남편이 좀 늦게 들어오건, 공부하는 입시생을 두면서 그런 문제로 집안이 시끄러우면 안 됩니다.

남편이 새벽이 다 되어서 들어와도 아내는 "아이고, 오셨어요" 하고 맞아들이면서 아이가 "아빠는 왜 이렇게 늦으셨대요?" 그러면 "오늘 사업 때문에 늦게 오셨단다" 이렇게 대답하고, "왜 술 마시고 들어오셨대요?" 이러면 "너도 나중에 커서 일해 봐라. 그렇게 되는 거야" 이렇게 남편의 입장을 두둔해 줘야 합니다. 그러면 아이가 '아빠는 좀 문제다'라고 생각했다가도 '별일 아니구나' 하고 생각하게 됩니다.

참회 기도를 하라고 해서 무조건 참으면 안 됩니다. 그러면 아이들도 다 압니다. 형식적인 태도가 아니라 진정으로 '제가 부족합니다' 하는 마음이 있어야 합니다. 말이나 표정에서 이 마음이 우러나와야 해요. 그래서 반드시 참회 기도를 하라는 겁니다.

남편이 경제적으로 여유롭고 지위가 높은 사람일수록 아이가 공부 못하는 책임을 아내한테 떠넘깁니다. "당신 도대체 뭐해? 집에서 애 공부도 안 돌보고" 이렇게 말하면서 꼭 남의 자식 보듯이 큰소리칩니다.

그러다 보면 수험생을 둔 엄마도 주위의 눈치를 보게 됩니다. 엄마도 심리적인 압박을 받는 거예요. 이럴 때 기도를 하는 게 좋습니다. 기도를 하면 엄마 마음이 편해지고 부부 사이도 좋아지기 때문에 실제로 아이한테 도움이 됩니다.

이렇게 마음을 닦으면 아이가 대학 원서를 낼 때 쓸데없이 욕심을 내지 않을 수 있습니다. 그러다 보면 오히려 좋은 결과가 나타납니다. 그래서 기도를 하면 아이한테도 도움이 되고, 부부 사이도 좋아집니다. 그러니 부부 사이가 좋아진 것은 아이의 공덕이지요.

이때 만약 아이가 대학에 떨어져도 '시험에 떨어진 것이 문제가 아니라 우리 부부가 좋아진 것만 해도 나는 지난 1년 동안에 많이 얻었다' 이렇게 돌이켜 생각할 수 있어요.

우리가 수행한다는 것은 비가 내리면 비 내려서 좋고, 눈이 오면 눈이 와서 좋고, 나날이 좋은 날이 되는 것을 말합니다. 그런데 오늘날 사람들이 하는 기복 기도는 되면 좋고 안 되면 난리가 납니다. 재앙과 복이 계속 교차되는 방법이에요. 그러다 보면 마음이 늘 떠 있고 흥분되기 마련입니다.

기도할 때에는 의심이 없어야 합니다. 그래야 번뇌도 적게 일어나고 몰두할 수가 있습니다. 그런데 기도하는 중에 마음에서 계속 의심이 일어나면 번뇌가 많아지고 힘이 안 생깁니다.

'우리 아이 대학에 붙게 해 주세요.'

이렇게 기도하면 번뇌가 생길 수밖에 없습니다. '이렇게 빈다고 되나?' 하는 생각이 한편에서 일어나고, 그렇다고 불안하니 아무것도 안 할 수는 없기 때문입니다. 달리 도와줄 건 없으니 기도라도 하기는 해야 하는데 자꾸 의심이 드니까 이게 번뇌가 되는 겁니다.

옛날 할머니들처럼 무조건 믿고 기도하면 되는데, 현대 교육을 받아 어느 정도 합리성을 가진 사람들은 자기 무의식 세계에서 받아들여지지 않는 거예요. 그러니까 무조건 기도하는 게 굉장히 힘이 듭니다.

기도하는 게 힘들면 힘들수록 아이한테 압박이 갑니다.

'내가 이렇게 하는데 너는 뭐 하냐?'

이런 생각이 일어나고, 남편한테도 불만이 생깁니다.

'나는 자식을 위해서 기도까지 하는데, 당신은 애가 고3인데 술 마시고 늦게 들어와?'

이런 마음이 들어서 기도가 오히려 화근이 되는 경우가 생깁니다.

그러니 아이가 공부할 때 부모도 자신의 공부를 하세요. 아이는 방에서 공부하고 엄마는 옆에서 기도하고, 엄마가 기도하다 힘들면 아이도 공부하다 힘든 줄 알게 됩니다. 아이가 공부하다 나와 봤을 때 엄마가 기도하고 있으면 아이가 자극을 받아 다시 공부합니다.

아이를 공부시키고 싶다면 엄마가 먼저 공부하세요. 엄마가 마음 공부를 해야 어떤 상황이 벌어져도 아이와 대화가 되고 편해집니다. 그러면 아이에게 번뇌가 되는 일이 일어나지 않고 어떤 일이 생기더라도 엄마가 아이에게 버팀목이 되어 줄 수 있어요.

기도를 할 때는 빈 마음으로 소원을 빌어야 힘이 있습니다. 욕심으로 하면 애만 쓰게 되고 힘이 별로 없습니다. 딱 100일 동안만 먼저 나를 비우는 기도를 하세요. 소원을 빌더라도 욕심 없는 빈 마음으로 소원을 빌어야 힘이 있습니다.

그래서 수능 기도를 할 때는 '내 아이 시험 잘 보게 해 주세요' 이렇게 빌면 효험이 없습니다. 부모에게 욕심이 가득하기 때문이에요.

아이의 시험을 위해 기도를 한다면 엄마는 어떻게 해야 할까요? 시험을 앞둔 아이를 엄마는 여유로우며 편안하게 바라보는 것입니다. 이것이 엄마가 할 수 있는 최고의 기도입니다.

4장

부모는 변화하는 세상 속
자녀의 등불이다

다람쥐가
도토리 줍듯,
소가 풀 뜯듯

아이를 키우면서 체력적·정신적으로 힘들어 하는 엄마가 많습니다. 아이를 키울 때에는 그 수가 아무리 많다 하더라도 힘이 하나도 안 들어야 해요. 자기 생활을 하면서 적당하게 키우고 "그래, 엄마가 미안하다"라고 아이에게 약간 미안할 정도가 돼야 해요. 대충 키워야 나중에 아이가 큰소리 치면 "아이고, 그래. 엄마가 미안하다"라고 할 수 있어야 서로 관계가 좋은데, '너를 키우느라 얼마나 애를 먹었는데!' 라고 계속 생각하면, 아이가 컸을 때 "누가 낳으라고 했나? 열심히 키우라고 했나? 자기가 괜히 해놓고는 난리를 피우네"라고 항의를 할 거예요.

'남편 없이 혼자 키워서 힘들다', '경제사정이 어려워서 힘들다', '애가 둘이라서 힘들다'는 이유로 아이를 키우는 것이 힘들다고 하면 아이가 자랐을 때 부모가 원하는 만큼 잘되지 않습니다. 그리고 아이는 문제아가 되기 쉽습니다. 어릴 때부터 벌써 엄마를 괴롭힌 존재가 되니 그건 불효잖아요. 배우자 없이 혼자서 아이를 힘들게 키웠다거나 가정 경제가 어려운 가운데 엄마는 밥도 못 먹고, 옷도 제대로 못 입으면서 아이를 키웠다고 하는 대부분의 부모는 자식이 크고 나면 엄청난 실망을 합니다. 옛날에 남편이 일찍 죽은 후 자식만을 위해서 살고 자기를 희생하며 아이를 키운 엄마를 보세요. 그 자식은 명문대 나오고, 판사가 되어 사회적으로 성공했을지는 몰라도 엄마와 원수가 됩니다.

반면에 아이를 키울 때 유별나게 신경 쓰지 않고 아이가 어떻게 자랐는지도 잘 모를 정도로 자연스럽게 키운 경우, 나중에 꽤 괜찮은 어른으로 자라 있습니다.

'아이 키우는 게 뭐가 힘들어? 똥 싸면 기저귀 갈아 주고, 밥 달라면 어차피 나도 밥 먹어야 하니까 숟가락 하나 더 얹으면 되지. 어차피 세탁기 돌려야 하니 빨래 좀 같이 넣으면 되고, 내가 바쁘면 울어도 좀 내버려 두고, 이렇게 애를 키우니까 애 키우는 게 별로 힘든 줄 몰랐다', '그래도 나는 혼자 사는 것보다 아이 키우면서 사는 게 훨씬 재미있었다' 이러면 아이가 벌써

효자가 되는 거예요. 조그마한 아이가 엄마를 즐겁게 해 줬잖아요. 이렇게 하면 아이가 잘 자라는 거예요.

아이를 키우는 게 힘들지 않게 해 보세요. 아이가 넘어져 조금 긁혀서 울고 있다면, "이 정도는 괜찮다" 하며 아이 스스로 일어나도록 내버려 두어야 해요. 많이 다쳤다면 빨리 병원에 데려가야 하는데 엄마가 더 난리를 피우면 안 돼요. 밥 먹다가 아이가 울면 "왜 그러니?" 이렇게 물어보세요. 옷을 버려오면 "네가 자꾸 옷을 버려오면 엄마가 빨래하기 너무 힘들어. 다음에는 네가 빨아라" 이렇게 하면서 불러다가 빨래도 한 번 시키고요. 청소할 때 아이가 옆에 따라다니면서 걸레 갖고 장난하면 "하지 마! 더럽다!" 이러면 안 돼요. 걸레 갖고 장난하도록 놔두어야 걸레질을 배우고, 설거지할 때도 아이가 숟가락이며 밥그릇 갖고 장난을 하면서 설거지를 배우는 거예요. 가능하면 아이가 어려서부터 스스로 자기 일을 하게 해서 일손을 좀 덜어야 해요.

아이는 세 살 때까지 키우는 게 조금 힘들지, 더 자라면 아이가 방 청소도 하고 다른 일도 거들어줘서 "아이고, 아이들이 없었으면 내가 살기 힘들었을 거야"라고 할 수 있을 거예요. 모든 생물의 원초적 학습은 엄마 따라 배우기예요. 부모를 따라 배우는 게 최고의 학습이에요. 그런데 여러분이 그걸 차단해 버리니까 아이들은 생존에 대한 학습 기회를 잃게 되는 거예요. 그래서 엄마는 엄마대로 힘들고, 아이는 배울 기회를 놓치는 거예요. 아

이를 데리고 일을 적당히 같이 해 보세요. 제 이야기의 요지는 아이를 내버려 두라는 게 아니라 아이 키우는 것을 가볍게 여기라는 거예요.

세 살 때까지 심리를 안정시켜 주는 게 아이 행복의 근원이 됩니다. 엄마가 늘 안절부절못하면 아이들 심리가 불안해져요. 엄마나 아빠가 없기 때문에 아이들이 문제가 있는 것이 아니에요. 이혼을 했거나 아빠가 먼저 죽어서 없다면 엄마 입장에선 남편 없는 삶이 고달프게 느껴지잖아요. 그 고달픔이 아이에게 반영이 돼서 아이에게 문제가 나타나는 거예요. 남편 없이도 혼자서 잘 살 수 있다고 생각해야 해요. 아이가 있으니 혼자 사는 것보다는 낫다고 생각하고요. 헤어졌든 사별했든, 어떤 이유로 남편이 떠났을 때 "나 혼자 사는 것보다는 애 하나 데리고 사는 게 재미있다. 개도 키우는데 애 하나 못 키우겠어?" 이런 자세로 키우면 아빠가 없어도 아이의 성장에 아무런 지장이 없어요. 아빠에 대해서 물으면 "엄마 사랑이 부족하니? 엄마가 아빠 역할까지 다하고 있는데 무슨 문제가 있니?" 이렇게 말하고요. "너는 아무 문제가 없어!" 이렇게 말하며 키워야 해요.

아이에게 엄마는 곧 신神이에요. 그 신이 흔들리면 아이가 불안해서 어떻게 살겠어요? 아이 앞에서는 늘 태산같이 든든해야 해요. 아이가 뭐라고 하면 "어, 그래그래그래" 이렇게 받아주세요. "엄마, 이거 어렵지 않아?"라고 해도 "아, 괜찮아, 엄마는 뭐든지 할 수 있어. 괜찮아"라고 말하고요. 그러다가 어려운 일이 있으면 "엄마가 이건 좀 하기 힘드니까 같이 하자. 좀 있다가 맛있는 거 해줄게" 이러면서 데리고 같이 일도 하고요.

"이건 네가 해라! 왜 안 하는데!" 아이에게 일방적으로 무엇을 하라고 하면 안 돼요. 항상 따라 배우기를 할 수 있게 해 주세요. 엄마가 청소하면서 "얘야, 걸레 좀 갖다 줘, 이거 좀 들고 있어", 망치질할 때도 "못 통 좀 들어 줘. 작은 못 좀 골라 줄래?" 이렇게 같이 하면서 가르쳐야 돼요.

강아지도 훈련시키면 똥오줌 다 가리고, 인공지능 로봇도 훈련시키면 무슨 일이든 다 하는 시대인데 사람이 왜 못하겠어요? 엄마가 중심을 잡고 생활한다면 아이는 아무 문제가 없어요. 아이가 문제가 있다는 것은 아이가 어렸을 때 엄마가 불안하거나 신경질적이었거나 애 키우기 힘들어 했다던가 등의 이유로 심리적인 상처를 줬기 때문입니다. 이런 원리를 알면 아이가 커서 저항할 때, 아이와 싸울 것이 아니라 아이를 키울 때 엄마가 심리적으로 억압했다는 사실을 알아차리고 아이의 마음을 받아주어야 합니다. "아이고, 미안하다. 나는 나름대로 너한테 잘한다고 했는데 네가 그때 상처를 입었구나" 이렇게 좀 대범하게 대해야 합니다. 그런데 "너는 왜 이래", "엄마가 그랬잖아!", "이게! 내가 언제 그랬어!" 하면서 다섯 살짜리 아이와 둘이 막 싸워요.

그렇게 싸우다가 아이가 커서 힘이 생기면 엄마에게 막 덤비는 일이 벌어지는 거예요. 절대로 아이와 싸우면 안 되고, 싸울 일이 없어야 해요.

아이가 뭐라고 해도 "응, 그래" 받아주고, 그냥 넘어갈 수 있어야 해요. 밥 안 먹겠다고 하면 "그래라" 이러면 되고요. 아이가 말을 안 들으면 청소를 안 해주든지, 밥을 안 주든지 여러 가지 훈육할 방법이 다양한데 아이하고 왜 싸워요? 엄마는 밥을 먹으면서 아이에게 안 주면 아이한테 저항심이 생기니까 그럴 때는 엄마도 같이 굶으면 됩니다. "엄마 밥!" 이러면 "어, 엄마가 아파서 오늘 밥 못했다" 이러면 돼요.

인생을 이 악물고 고달프게 살지 않아도 됩니다. 다람쥐가 도토리 줍는데 이를 악물고 열심히 줍지 않잖아요. 소가 풀을 뜯는데 이를 악물고 열심히 뜯지 않습니다. 그냥 뜯잖아요. 그렇기 때문에 거기에는 과로도 스트레스도 없어요. 그렇다고 소는 "열심히 일했으니 좀 놀자!" 이런 것도 없어요. 그런데 우리는 일하면서 스트레스를 받고, 또 그것을 풀기 위해 놀아요. 일을 놀이 삼아 하면 스트레스도 안 받고, 따로 놀 일이 없어요. 자기가 좋아서 하는 일이 되면 노동과 놀이를 구분할 필요가 없어져요. 여러분과 제가 이렇게 대화를 나누는데, 이걸 밤 12시까지 한다면 아마 여러분이 먼저 갈 거예요. 저는 놀이 삼아 하기 때문에 피곤하지 않아요. 그냥 듣고, 얘기하고, 농담도 주고 받고 웃어가면서 힘들지 않게 해요.

주변에서 누가 "아이고, 애 키운다고 힘들죠?" 하면 "예, 육체적으로는 좀 힘들지만 아이들과 같이 사는 재미로 요즘 잘 살고 있습니다" 하는 말이 입에서 저절로 나와야 합니다. 남편이 "여보, 애들 키우느라 힘들지?" 물어볼 때, "아이들 장난이 하도 심해서 좀 힘들긴 한데 아이들하고 같이 지내는 게 재밌어요. 당신도 일요일에 틈나면 아이들과 같이 놀아보세요 재밌어요"라고 말해야지 "힘들어 죽겠는데 일요일에 딴 데 가지 말고 아이들하고 좀 놀아줘요!" 이러면 안 돼요. 아이를 키울 때는 그렇게 힘들어하면 안 돼요. 항상 재미있게 하세요. "엄마, 힘들지?" 이렇게 물어도 "아냐, 아냐, 괜찮아. 엄마는 네가 있어서 좋아. 너 없었으면 내가 무슨 재미로 살겠어?" 항상 이렇게 아주 쾌활하게 키워야 아이가 부담 없이 자라서 나중에도 잘 살아가게 됩니다.

너를 이해한다
그럴 수도 있다

"아이가 가출해서 친구들과 가게의 물건을 훔치다가 경찰에게 잡혔습니다. 비행청소년과 어울리는 아이를 부모로서 어떻게 교육해야 현명한 것일까요?"

이 세상의 많은 부모는 아이가 나쁜 짓을 하다가 문제가 발생하면, "우리 아이는 착한데 친구를 잘못 사귀어서 그렇다"고 합니다. 반대로 그 불량한 친구의 부모도 "우리 아이는 원래 그런 아이가 아닌데 불량한 친구들과 놀다가 물들어서 이런 일이 생겼다"고 합니다. 아이의 문제를 해결하고 싶다면 이런 관점을 바꾸어야 합니다.

내 아이든 남의 아이든, 자기가 앞장서서 했든, 남을 따라 했든 아이가 비행을 저질렀다면, 아이가 잘못된 행위를 했다는 관점을 분명하게 잡고 이를 받아들여야 개선할 수 있습니다. 개선하려면 그에 합당한 처벌을 받는 게 교화에 도움이 됩니다. 만약 자신의 아이가 범죄를 저질러서 수배령이 났고, 아이가 어디에 있는지 부모가 안다면, 경찰서에 연락해서 아이를 경찰에 인도해야 합니다. 아이의 잘못을 숨기지 말고, 아이가 빨리 개선될 수 있도록 기회를 제공해야 합니다. 나쁜 짓을 했으니까 벌을 받아야 한다는 뜻이 아니라 아이를 교화하기 위해서 합당한 처벌을 공개적으로 받아야 한다는 뜻입니다. 그래야 잘못된 행위를 되풀이할 위험에서 아이를 구제할 수 있습니다.

　남의 물건을 훔쳤는데 벌을 받지 않고 부모가 무마시켜 집에 데려다 놓으면 아이는 또다시 그 일을 저지르게 됩니다. '내가 어지간히 나쁜 짓을 저질러도 부모님이 막아주고 구제해 줄 거야'라는 심리가 있기 때문에 반복하는 겁니다. 그래서 옛날부터 고위 공직자의 자식이나 부잣집 자식이 저지르는 비행은 멈춰지지도 않고 개선도 안 되는 거예요.

　다른 아이의 부모를 만났을 때 "당신의 아이 때문에 내 아이가 이렇게 되었다"는 식으로 상대를 탓하는 자세는 바람직하지 않습니다. "지금 아이를 처벌해서 범죄 이력에 남을까 염려하는 것은 중요하지 않습니다. 지금 중요한 것은 같이 힘을 합쳐서 아이들을 교화하여 정상적인 삶으로 돌아오도록 하는 것이니 우리 함께 이 문제를 풀어냅시다" 이렇게 말해야 합니다.

이번 실수를 인생의 교훈으로 삼을 수 있도록 합법적인 절차를 밟는 것이 아이와 세상에 좋습니다. 아이가 어려서 법적으로 처벌이 안 되거나 특별한 이유나 예외가 적용되어 보호받을 대상이라면 더 이상 추궁하거나 야단을 칠 필요가 없습니다. 하지만 법적인 절차에 의해서 처벌받게 된 것을 부모가 비공식적으로 무마하는 것은 범죄를 더 키우는 행위로 아이의 교화에 아무 도움이 안 됩니다. 법을 어기면서 자기 아이를 빼오거나 처벌 수위를 낮추는 식으로 접근하면 사회 정의적 측면이나 교육적 측면에서 역효과가 난다는 사실을 유념해야 합니다.

아이의 행동을 이해는 하되 잘못을 저지른 것에 대해서는 응당한 처벌을 받도록 해야 합니다. 만약 아이가 경찰서 유치장에 가게 되면, 아무리 나쁜 짓을 했더라도 자식이니까 엄마로서 정기적으로 면회를 가서 보살피면 됩니다.

이런 일이 일어난 것을 걱정할 게 아니라 '아이들이 자랄 때 그럴 수도 있다' 하고 바라봐야 합니다. 저와 고등학교를 같이 다닌 친구 중에는 사고를 쳐서 정학까지 받았지만 지금은 잘 살고 있는 경우가 많아요. 잘 산다는 게 경제적 풍요를 말하는 게 아니라 말썽없이 무난하게 자란 아이들보다 고등학교 때 경험을 반성했기 때문에 사회적으로 훨씬 더 역량을 갖고 살고 있다는 뜻입니다.

특별히 나쁜 아이라서 그런 게 아니라 사춘기 때는 순간 충동적으로 비행을 저지를 수 있다는 것을 먼저 인정해야 합니다. 그래서 이 일로 야단을 치거나 아이를 죄인 취급해서는 안 됩니다. 산을 오르다 보면 실수해서 미끄러지기도 하고 자전거를 타다 넘어질 수 있듯이, 사춘기에는 일탈할 수도 있다는 것을 염두에 둬야 해요.

사건을 피해 가려고 하니까 가슴이 옥죄어 오고, 부모의 속을 썩이는 나쁜 아이라고 바라보니까 화가 나는 거예요. 또 아이에게 나쁜 경력을 안 남기려 무마시키려 하니까 자꾸 마음이 불안해지고 쪼들리는 겁니다. 아이가 사회에 적응하는 교육의 기회로 삼고 대응하면 불안해질 이유가 없습니다.

"그래, 너를 충분히 이해해. 그러나 너의 본의였든, 우발적이었든, 저지른 행위에 대한 책임은 져야 하니까 합당한 절차를 거치도록 하자. 필요하다면 엄마가 뒤에서 네가 겪는 생활적, 심리적인 어려움을 보살펴 줄게"라고 아이에게 얘기하면 됩니다.

그러나 실제로는 이렇게 하기 어려울 거예요. 부모는 자식에 대해서는 눈에 콩깍지가 씌어 있기 마련입니다. 아이를 문제없게 만들려고 하기 때문에 일을 더 크게 만드는 어리석음을 범하게 됩니다. 잘 안 되는 게 현실이에요. 자라나는 아이는 누구나 사춘기 때 사고를 칠 수 있다고 인정하고 해결하려 하면 아이는

아무 문제가 없고, 잘못했으면 법률에 따라 처벌을 받아야 한다
고 생각하면 걱정할 게 없습니다. 이런 편안한 마음을 먹는 것이
부모이고, 수행자입니다.

세상을
열어주는
조력자

"아이가 대학교에 갈 생각도 없고 장래에 하고 싶은 게 없어 갈등을 겪다가 자신이 원하는 고등학교로 전학했습니다. 여기서도 친한 친구와 싸우고 나서 학교에 가기 싫다고 결석하고, 친구들과 놀고 물건 사는 것만 좋아합니다. 눈물로 애원하면서 대화도 해 봤지만 부모를 무서워하지도 않고 성질을 내며 돌변합니다. 제가 어떻게 해야 할지 아이만 보면 막막하기만 합니다."

부모가 아이를 무서워하고 겁낼 것이 아니라 딸의 행동을 보고 '내 아이가 정상이 아니구나' 하고 병원에 데려가 전문의의 도움을 받아야 합니다.

아이는 이렇게 심각한 상황인데 부모는 정상이라고 생각하기 때문에 아이를 자꾸 야단치고 달래는 것입니다. 이런 갈등은 부모가 정신적인 질환에 대해 무지해 자기 자식에게 병이 난 것을 인정하지 않는 데서 오는 문제예요. 아이의 말과 행동을 조금만 관찰해 보면, '아, 병이구나' 이렇게 알고 병원에 가서 전문가와 상담을 하고 치료를 해야 합니다.

아이가 이 정도의 상태인데도 아직 병원에 가지 않은 것은 부모가 무지하다고 할 수 있습니다. 우리 아이는 그저 공부를 잘해야 된다는 생각만 하고 있어요. 자기 생각대로 공부를 하지 않은 아이 때문에 마음이 불편한 겁니다. 아이가 왜 이러는지, 무엇이 힘든지 아이와 대화를 해야 합니다. 대화가 잘 안 되면 전문가의 도움을 받아 아이의 상태를 진단한 후 아이가 정신적·육체적으로 건강해지도록 도와주는 게 부모의 역할입니다.

학생이 학교에 가지 않는다고 모두 비정상은 아닙니다. '현재의 학교 교육은 주입식 교육이라 미래사회에는 그 효용성이 낮을 것이다. 나는 이런 교육을 더 이상 받고 싶지 않다. 그래서 대학도 안 가고, 4차 산업혁명 시대에는 현재 있는 직업 중 절반 이상이 30년 안에 없어질 텐데 그런 내용을 배우는 것보다 좀더 창조적인 활동을 해 보고 싶다' 이런 생각을 갖고 있다면 아이는 지극히 정상적인 상태예요. 이럴 때 부모가 아이를 무조건 학

교에 가라고 강요하는 것은 잘못된 태도입니다.

또 지금 아이 상태는 심리가 불안해서 가만히 있을 수가 없어요. 불안해서 죽을 것 같으니 밖에 나가서 돌아다니거나 물건을 사야 그나마 견딜 수 있는 겁니다. 이런 경우는 환자기 때문에 치료를 받아야 합니다. 엄마가 살아온 방식과 기준으로 아이에게 "학교에 가라", "뭘 해라" 하는 것은 올바른 태도가 아닙니다. 아이는 정신적으로 매우 힘든 시기를 겪고 있어요. 학교를 중심에 두면 안 되고 '아이의 건강이 어떻게 하면 '좋아질 것인가'를 중심에 둬야 합니다. 공부를 잘하고 못하는 것은 학교 선생님이 관여할 일이지 부모가 관여할 일이 아닙니다.

"공부 못해도 괜찮아. 엄마는 네 건강이 가장 중요해." 이런 마음가짐으로 아이의 건강을 먼저 확인하고 약물치료가 필요하면 약을 먹어야 하고, 상담이 필요하면 상담을 받아야 합니다. 학교 다니면서 치료해도 되고, 이 상태로 학교에 가는 게 어렵다고 판단되면 당분간 학교를 쉬고 치료하도록 하는 거예요.

아이가 "이거 하고 싶다", "저거 하고 싶다" 해서 하게 해주었는데 한 번만 하고 그만둬 버리면 병이라고 할 수 있습니다. 어릴 때의 욕구불만이 지금 일어나는 것입니다. 의사가 그냥 아이가 하자는 대로 한번 해 보는 게 상처를 치유하는 방법이라고 하면, 치료비 쓴다고 생각하고 다 해 주면 됩니다. "너 왜 한다고 해놓고 안 하냐?" 이렇게 야단치면 안 돼요. 오늘 마음이 일어나서 정말 해보겠다고 등록해 놓고 하루 이틀 다니다 안 하는 건 다 병이기 때문입니다. 또 못 하게 막는 게 치료에 도움이 되는지 의사와 의논해서 치료해야 합니다. 아이가 육체적·정신적 건강을 회복하는 게 가장 중요해요. 건강이 회복되면 그다음에 아이에게 "네가 학교 교육이 삶에 도움이 된다고 생각하면 다니고, 별로 도움이 안 된다고 생각하면 안 다녀도 된다" 이렇게 말해주는 게 좋아요.

아이가 "대학 가기 싫어"라고 말했을 때 "대학 가기 싫으면 가지 마라" 이렇게 얘기해서도 안 됩니다. 부부도 결혼해서 살다가 불만이 생기면 상대에게 "이혼하자"라고 말이 툭 튀어나올 때가 있잖아요. 진짜 이혼하고 싶어서 그럴 때도 있지만, 그냥 기분이 나빠서 그런 말을 할 때도 있고, 상대를 굴복시키려는 무기로 '이혼하자고 해야 저놈이 정신 차리지' 하면서 그런 말을 할 때도 있잖아요. 같은 말에도 여러 가지 의도가 담겨 있기 때문에 "왜 저러지" 하고 살펴서 대화를 해야 합니다. '아, 아이에게 이런 욕구가 있구나', '이런 정신적인 어려움이 있구나', '이런 불안이 있구나' 하고 살펴야 합니다.

아이의 인생을 내 생각대로 하려고 하거나, 내 생각대로 안 된다고 해서 "그냥 네 맘대로 해라"고 내팽개치는 것은 보호자의 올바른 태도가 아닙니다. 불편한 내 마음만 생각할 게 아니라 아이의 상태를 살펴서 실제로 아이의 인생에 도움을 주는 사람이 부모입니다.

인생은 다양한 길이 있으니 여러 가지 길을 열어놓고 아이를 살펴야 합니다. 많은 아이가 공부에 대한 압박 때문에 심리적인 불안을 느끼거나 죽을 것처럼 힘들어하는데도 부모는 그저 '공부, 공부' 하거든요. 그래서 아이들이 자살하는 일이 생기는 겁니다. 아이가 밖에 나가서 친구들과 술을 마시고, 남녀가 어울려 다니고, 무슨 일이 생기고 했을 때 무조건 도덕적으로 잘못했다는 식으로 접근하면 안 돼요. 무엇인가 심리가 불안하고 욕구불만이 있기 때문에 이런 행동을 하는 거예요. 부모가 내버려 뒀기 때문인지, 야단치고 억압해서 이렇게 된 것인지, 아이의 상태를 전문가와 의논해서 해결책을 찾아야 합니다.

자식은 부모를 위해 존재하지 않습니다. 공부니 학교니 이런 집착은 내려 놓고 아이의 상태를 잘 점검해서 아이가 건강하게 세상을 살아갈 수 있도록 조금이라도 돕는 것이 부모의 역할입니다.

이만큼
건강해서
다행이야

"중학교에 다니는 아이가 학교에 가지 않고 집에서 생활하고 있습니다. 친구 관계와 학교생활을 힘들어하더니 학교에 가다 안 가다를 반복하고는 자기 방에서 나오지 않습니다. 가족 상담을 진행한 결과 아이는 자기애가 강하고 무기력을 수반하고 있다고 합니다. 부모의 양육 태도의 중요성을 알고 노력하고 지금도 애쓰고 있습니다."

아이가 아주 어릴 때는 부모의 손길이 많이 필요하지만, 사춘기가 시작되면 부모의 도움을 크게 원하지 않습니다. 지금 아이에게 가장 도움이 되는 건 부모 스스로가 행복하게 사는 거예요.

아이 때문에 부모가 우울해하면 아이에게 나쁜 영향을 주고, 아이와 상관없이 부모가 행복하게 살면 아이에게 가장 큰 도움이 됩니다.

대부분의 부모는 아이에게 문제가 생기면 '친구와 싸운 후 문제가 생겼다', '담임선생님께 야단 맞은 후 문제가 생겼다' 이렇게 이야기 합니다. 하지만 아이는 이미 심리적으로 약한 고리를 가지고 있어 친구와의 싸움, 선생님께 야단맞는 것을 계기로 발병하게 되었다고 봐야 합니다. 친구와 심하게 싸우고, 선생님께 야단맞았다고 해서 모든 아이가 정신질환을 앓는 것은 아니기 때문입니다. 이미 정신적으로 내재된 요인을 가지고 있다가 특정한 계기로 겉으로 드러난 것임을 알아야 합니다.

다음에는 아이가 어떻게 정신적으로 약한 고리를 가지게 되었는지 살펴봐야 합니다. 아이의 성장 과정에서 심리적으로 충격을 받은 적이 있는지 살펴보고 그런 일이 있었다면 그 상처를 치료해가면 됩니다. 만약 특별하게 충격을 받은 일이 없다면, 아이의 정신적 질환은 대부분 엄마의 정신적 불안이나 히스테리 등으로 인해 생겨난 것입니다. 엄마가 정서적으로 불안하면 아이의 심리에 상처를 만들게 됩니다. 부부갈등이 심했거나 엄마가 우울증을 앓았거나 정서적으로 불안감이 많았는지 살펴보세요. 아이가 학교에 가고 안 가는 것에 지나치게 신경을 쓰는데, 그러다가 아이가 극단적인 선택을 하고 나면 뒤늦은 후회를 하게 돼요. 엄마는 아이가 학교에 가고 안 가고를 중요하게 여기기보다 아이의 건강을 가장 우선시해야 합니다.

부모는 아이가 어떻게 되기를 바라면 안 됩니다. 아이 심리에 약한 고리를 형성하는 데 엄마가 영향을 많이 끼쳤다는 것을 알아야 해요. 그러나 엄마도 나쁜 의도로 그런 게 아니라 사는 게 힘들어서 그렇게 한 거잖아요. 남편 때문에 힘들었으면 남편에게 참회하고, 시어머니 때문에 힘들었으면 시어머니에게 깊은 참회를 해야 해요. 참회를 하라고 하면 대개 상대방으로부터 사과를 받아서 해결하려고 하는데, 그렇게 한다고 나의 상처가 치유되는 것이 아닙니다. 내가 상대를 시비해서 상처를 입은 것이기 때문에 그 시비를 하지 않음으로써 내 상처를 치유하는 것이 참회이고 이렇게 내 안의 상처를 치유하면 우선 나부터 밝아집니다.

내가 밝아지면 아이가 문제를 제기해도 그것을 받아낼 수 있는 힘이 생깁니다. 내게 그런 힘이 생기면 아이가 불안하거나 심리적으로 어려움을 겪을 때 아이의 감정을 증폭시키지 않고 오히려 줄여주는 역할을 할 수 있게 됩니다.

아이가 혼자 방 안에만 있을 때, '학교도 안 가고 하루 종일 방에만 있어서 어떡하나?' 이렇게 엄마가 답답하게 생각하는 건 아이에게 나쁜 영향을 줍니다. 설령 아이가 학교에 간다고 해도 엄마라면 "네 건강이 지금 제일 중요하지 학교가 뭐가 그리 중요하니?"라고 말할 정도로 마음이 탁 열려 있어야 합니다. 밥을 먹으라고 했는데 아이가 먹지 않으면 "그래, 네가 먹고 싶을 때 언제든지 말해" 이렇게 말할 수 있을 정도로 엄마가 아이에게 집착하지 않아야 합니다.

이 문제의 원인 제공자가 엄마라는 점을 자각해야 해요. 그렇다고 죄의식을 가지라는 것이 아닙니다. 내가 문제의 원인을 제공했으니 아이한테 자꾸 무언가를 요구하지 말아야 한다는 것입니다. '아이가 방에서 나왔으면 좋겠다', '아이가 학교에 갔으면 좋겠다' 이런 요구를 완전히 버려야 합니다.

하루 종일 방에 있다 하더라도 나가서 말썽 피우지 않은 게 다행이고, 자살 하지 않는 것만 해도 다행이라고 생각해야 합니다. 엄마가 이렇게 관점을 가져야 아이의 행위에 대해서 포용하는 힘이 생기고 아이의 치유에 조금이나마 도움이 될 수 있습니다.

'내가 아이에게 준 영향에 비해 그래도 이만큼이라도 건강해서 다행이다', '만약 영향을 준 그대로 아이가 전부 다 받았으면 지금보다 훨씬 더 나쁠 텐데, 이 정도라서 엄마는 참으로 고맙게 생각한다' 항상 이렇게 감사하는 마음으로 아이를 바라보면 하나도 불편하지가 않습니다.

만약 아이를 보면서 죄책감을 느낀다면 그것은 '나는 그런 어리석은 행동을 하지 않는 사람이야'라고 스스로를 너무 높게 평가하는 데서 오는 것입니다. 엄마라는 사람도 특별할 게 없는 평범한 사람입니다. 일부러 그렇게 한 것도 아니고 결혼해서 살기 힘드니까 몸부림쳤고, 그러다 보니 아이한테 좋지 않은 영향을 주게 된 거예요. 그러니 죄책감을 가질 필요가 없습니다. 다만 아이 엄마로서는 조금 어리석었던 거죠. 어리석어서 뜻하지 않은 결과를 얻게 된 것인데 자꾸 죄책감을 갖게 되면 그 죄책감을 씻어내려고 아이에게 지나친 관심을 갖게 되어 아이의 상태를 더 악화시키게 됩니다.

아이가 사춘기가 되면 환자가 아니어도 거리를 두고 지켜봐야 하는데 지금은 아이가 환자이기 때문에 더욱 떨어져 있어 줘야 해요. 아이에게 따뜻하게 대해주되 지나치게 간섭하지 말고 항상 떨어져 있어 줘야 합니다. 마음이 아픈 아이를 둔 엄마도 행복하게 살 수 있고, 아이도 심리적으로 상처를 입었다 하더라도 행복하게 살 수 있습니다. '아이에게 마음의 상처가 있지만 그래도 행복하면 좋겠다' 이렇게 생각해야 합니다. ' 공부를 잘했으면'이 아니라 '공부를 못하더라도 행복해야 한다' 이렇게 현재를 늘 긍정적으로 바라봐야 합니다.

독립된 생명이자
존중받아야 할
존재

직장을 다니던 여성이 아이가 더 중요해서 직장을 포기했다고 했습니다. 그런데 일과 승진을 위해 달리다가 결혼하고 아이를 낳은 후에 경력이 단절되니 채용공고만 봐도 괴롭다고 합니다.

이분은 포기가 아니라 더 중요한 것을 선택한 겁니다. 옛날 속담에 '세 살 버릇 여든까지 간다'는 말이 있습니다. 이 말은 아이가 태어난 후 만 세 살이 될 때까지는 눈으로 보고, 귀로 듣는 과정에서 자아가 형성된다는 뜻입니다. 어릴 때 학대를 받고 자란 아이와 사랑을 받고 자란 아이는 대뇌의 크기가 다르다는 것이 연구 결과에도 나와 있습니다.

어릴 때 자아가 건강하게 형성되어야 가난해도 떳떳하게 살 수 있고, 남한테 좀 비난받아도 이겨낼 수 있는데, 자아가 약하면 돈이 아무리 많아도 인생이 괴롭습니다. 요즘 정신 질환이 많이 나타나고 자살률이 높아지는 이유도 자아 형성에 문제가 있어서 그렇습니다. 그렇기 때문에 자아가 형성되는 세 살까지는 아이를 사랑으로 돌봐 주어야 합니다.

그렇다고 반드시 생모가 세 살까지 키워야 한다는 것은 아닙니다. 아이를 기른 사람이 엄마이기 때문입니다. 아이를 낳은 사람이 엄마가 아니라 기른 사람이 정신적으로 엄마입니다. 생모가 죽거나 없어서 딴 사람이 키우면 그 사람이 엄마입니다.

어떤 아이가 한국에서 태어났는데 생후 6개월 이내 다른 나라로 입양돼서 성인이 될 때까지 외국에서 자라면 그 사람은 한국 사람이 아니에요. 외형은 한국 사람이지만 사유 체계는 한국과 아무 관계가 없습니다.

앞으로 우리 사회에서 가장 중요한 문제는 육아입니다. 이것을 한 개인의 책임만으로 돌리지 말고 어떤 아이도 세 살까지 사랑받고 자랄 수 있도록 사회제도를 개선해야 해요. 내 자식이라는 개념을 떠나서 우리는 성인으로서 이 땅에 태어난 한 아이가 한 사람으로서 잘 살 수 있도록 책임을 져야 해요. 아이를 낳으면 엄마에게 3년은 유급휴직을 줘야 하고, 예산이 부족해서 3

년 유급 휴직이 어려우면 1년은 유급휴직을 주고 2년은 무급이라도 휴직을 줘야 해요. 무급휴직을 통해 경력 단절을 막고 휴직 후 언제든지 복직이 가능하도록 해야 합니다. 그동안은 자녀를 키우는 것이 개인 문제였지만 출산율이 급격히 낮아지는 지금은 더 이상 개인의 문제가 아니라 중요한 사회문제가 되었습니다.

지금 한국 사회는 청년들이 아이를 낳고 싶어도 키우기가 어려운 게 현실입니다. 그 이유 가운데 첫 번째가 집 문제예요. 청년에게는 시내 중심가에서 수입의 10퍼센트로 살 수 있는 집을 공급해 줘야 합니다. 자가용을 사기 힘든 청년들을 위해 대중교통을 이용해도 다닐 수 있는 시내 중심가에 집을 공급해야 해요. 교통이 편리한 시내 중심지에는 임대 아파트만 지을 수 있도록 하고, 교외에는 고급아파트를 지어 자가용이 있는 중산층이 살도록 국가 정책을 바꿔야 합니다.

두 번째는 사교육비 문제입니다. 부모들 수입으로는 사교육비를 감당할 수 없는 지경이니 사교육을 하지 않아도 되게 교육정책이 바뀌어야 합니다. 고등학교까지 교육 관련된 비용은 국가에서 부담을 해야 해요. 부유하든 가난하든 사춘기가 될 때까지는 평등한 환경에서 자라고 배울 수 있어야 합니다.

사회문제는 이렇게 개선해 나가야 하고 경력 단절이 걱정되는 엄마들은 관점을 정리하는 게 필요합니다. '내가 직장을 포기

한 것이 아니라 더 중요한 일을 하기 위해서 선택을 한 것이다.'
아이가 세 살이 넘으면 아기를 더 돌볼 것인지, 직장을 나갈 것
인지는 선택이에요. 그때부터는 자아가 형성되어 학습이 가능하
니 선생님이 필요하고, 엄마가 옆에 있어 주면 좋지만 반드시 있
어야 하는 것은 아닙니다. 이 시기의 아이는 낮에는 어린이집에
보내고, 저녁에 퇴근해서 아이를 보살펴도 됩니다.

'우리 엄마는 돈 때문에 나를 팽개쳤다'거나 '직장 때문에 나
를 팽개쳤다'고 아이가 느끼면 마음에 안 좋은 영향을 주게 됩
니다. 직장을 나갈 수밖에 없다면 아기를 업고 직장에 나가면 아
무 문제가 없어요. 왜냐하면 엄마가 항상 아기를 우선으로 하고
있기 때문입니다. 직장을 다니든 장사를 하든 갓난아기를 업고
일을 하는 경우에는 아기의 심성에 큰 문제가 없어요. 옛날 우
리 어머니 세대는 아기를 업고 밭을 매거나 아니면 부엌일을 하
느라 아기를 떼어 놓았지 자신의 이익을 위해 아기를 떼어 놓은
것이 아니기 때문에 아이에게 아무런 상처가 안 생겼습니다.

남녀평등 문제는 성인과 성인의 문제입니다. 아이와 성인 사
이에는 아이가 우선입니다. 남녀가 아이를 똑같이 돌보자는 것
에 양쪽이 합의가 되면 가장 좋지만, 합의가 안 되면 아이를 키
우는 문제는 협상을 해야 할 대상이 아닙니다. 이혼하는 두 부부
가 아이를 서로 데려가려고 싸우는 것도 올바른 자세가 아닙니
다. 아이는 엄마가 키우는 것을 우선적으로 하되 엄마가 못 키운

다면 아빠가 키우는 순서로 아이를 최우선에 두고 결정해야 합니다.

　이혼을 해서 엄마가 아이를 키우더라도 절대로 아이 아빠에 대한 욕을 해서는 안 되고, 아빠도 아이 엄마에 대한 욕을 하면 안 됩니다. 아이 앞에서 상대방을 욕하면 엄마나 아빠가 나쁜 사람이 되어 버리잖아요. 아이가 왜 이혼했는지 물으면 '아빠(엄마)가 성격이 좀 모나서 그래, 하지만 너희 엄마(아빠)는 훌륭하다' 이렇게 대답해야 아이의 심성에 문제가 안 생겨요.

　부부가 이혼을 하더라도 아이가 올바르게 자라도록 서로 협력해야 합니다. 이혼해서 원수가 되어 아이도 내팽개치는 것은 성인들이 아이에게 행하는 폭력입니다. 자살하는 사람 중에 아이를 데리고 같이 죽는 경우도 있습니다. 아이는 독립된 생명이자 존중받아야 할 한 인격이지, 개인 소유물이 아니에요. 성인들은 결혼을 선택했기 때문에 그 선택에 대한 책임을 서로 지면 되지만, 아이에게 태어날 것을 물어보지 않고 낳았기 때문에 아이를 낳은 부모는 무한책임을 져야 합니다.

나는
엄마입니다

"세상의 변화에 따라, 엄마의 역
할을 해야 하는 한부모 아빠가 늘어나고 있습니다. 혼자서 아이
들을 키우다 보니 따뜻한 아빠와 엄격한 아빠라는 두 가지 역할
을 동시에 하는 게 어렵게 느껴집니다. 어린아이를 키우고 있는
아빠들은 어떤 마음을 가져야 할까요?"

사회가 전반적으로 아빠가 아기를 키우는 분위기라면 아빠의
돌봄을 받는 아기도 혼란이 적습니다. 요즘에는 남성에게도 육
아 휴직을 주는 것처럼 사회 전체가 합의하면 괜찮다고 생각합
니다. 하지만 아이의 무의식 세계는 달라집니다. 남자가 아이를

키우면 안 된다는 게 아니라 그런 경우가 극소수일 때는 아이의 사회 적응에 어떤 영향을 줄지 모르기 때문에 세심하게 신경 써야 합니다. 누구도 키울 수 없는 상황이거나 남자밖에 키울 수 없다면 선택의 여지가 없잖아요.

아이에게는 '엄마'가 필요합니다. 엄마란 '기르는 자'라는 뜻으로 엄마가 여자라는 뜻은 아닙니다. 할머니가 아이를 키우면 할머니라 불러도 아이의 무의식 세계에서 엄마는 할머니입니다.

왕조시대에 유모로부터 키워진 왕자의 무의식 세계에서는 유모가 엄마입니다. 외부적으로는 왕자이기 때문에 엄청난 대우를 받지만 무의식적으로는 유모인 엄마가 자기보다 신분이 낮기 때문에 왕자들은 자란 후에 내적으로 자존감이 떨어집니다. 그래서 왕자들이 자란 후에 열등감을 갖게 되거나 마음이 불안정해지는 등 심리적인 문제가 생기는 경우가 많았습니다.

아빠가 혼자 아이를 키울 경우, 엄하게 가르치는 역할은 학교 선생님, 과외 선생님이나 다른 사람에게 맡기고, 아빠는 아이의 마음을 따뜻하게 보살펴 주는 엄마의 역할을 하는 것이 무엇보다 중요합니다. 직업이 선생님인 부모는 학교에서는 선생님이지만, 집에서는 부모로서 아이를 따뜻하게 돌봐야 하는데 집에서도 자기 자식을 학생 대하듯 하기 쉽습니다. 이런 환경에서 자란 아이는 공부는 잘할지 몰라도 행복하지는 않습니다. 한 부모 아빠는 다른 가족이나 가사도우미가 아이들을 챙겨주더라도 엄마의 역할을 해야 하고, 아이에게 짜증 내거나 야단치지 않도록 주의해야 해요. 엄마와 아빠가 다 있는 집은 아빠가 야단치면 엄마가 달래 주지만, 한 부모 아빠의 가정은 아빠가 야단을 치면 아이들이 마음을 둘 데가 없어집니다. '내 일이 우선이다, 아이들에게 돈만 주면 된다'고 생각하고 아이보다 돈이나 출세를 우선시 하면 엄마라고 할 수 없습니다. 직장을 가더라도 자신의 아이들에게 항상 이렇게 말해야 해요. '아빠에게는 너희가 우선이다. 너희와 항상 함께하고 싶지만, 아빠에게 주어진 일도 해야 한단다.' 엄마는 남자나 여자를 뜻하는 게 아니라 아이를 기르는 자입니다. 엄마는 아이가 눈을 감으면 떠오르는 삶의 모델입니다.

'나는 엄마다.' '이름은 아빠지만, 내 역할은 엄마다'라는 것을 늘 생각하고 아이를 키우시길 바랍니다.

참된
부모의
자세

"늦은 나이에 결혼을 했고, 여러 번 시험관 시술을 시도했지만 실패했습니다. 시험관 시술을 포기할 무렵 자연 임신을 했으나 또 유산되었습니다. 임신을 하기 위해 할 수 있는 게 없어서 속상하고 서럽습니다. 나이와 건강을 생각하면 포기해야 하는데 그게 잘 안 됩니다."

이분은 "내가 외롭기 때문에 아이가 있어야 된다"고 생각하는 것 같아요. 자연 유산을 했다는 것은 질문자의 몸이 아기가 들어와 살기 부적당한 집이라는 거예요. 아기를 위해서 '여기는 네가 살기에 부적당한 집이니까 다른 집으로 가라' 입장을 이렇게 가

져야 하는데 억지로 끌어들이려 하니 자꾸 유산이 되는 거예요. 부모는 자기를 희생해서라도 아이를 살리는 존재인데 '나만 만족하면 된다' 이런 생각을 하니 굉장히 이기적인 마음이라는 겁니다.

아기가 성장하기 부적당한 집은 설령 유산이 안 되었더라도 어떤 신체장애를 가질 수 있습니다. 그러면 또 후회할 가능성이 높아져요. 이런데도 억지로 아기를 가지려고 한다면 바람직한 가치관을 가진 엄마로 보기 어렵습니다.

예전에 학교에서 혈액형 검사를 했는데, 한 아이의 혈액형이 부모로부터 나올 수 있는 게 아니어서 뉴스에 나온 적이 있습니다. 다른 남자를 전혀 만난 적도 없는데 이런 일이 벌어지자 아내는 억울해하고 남편은 아내를 의심하며, 세상 사람들은 아내에 대해서 의아하게 생각했습니다. 그래서 확인해 보니 아내가 출산한 날짜에 그 병원에서 태어난 아이가 한 명 더 있다는 것을 알게 되었습니다. 우여곡절 끝에 그 아이의 혈액형을 검사해 보니 아이가 병원에서 바뀐 것이었어요.

프랑스에 있었던 또 다른 사례는, 아이가 대학생이 되고 나서 서로 바뀐 사실을 알게 되었다고 해요. 그래서 두 부부는 각각의 생물학적 부모에 맞게 아이를 바꾸었습니다. 그런데 1년 후 두 부부와 두 아이가 회의를 한 후 원래 집으로 돌아갔다고 합니다. 이 사례는 부모 자식 간의 관계는 생물학적 조건보다는 서로의 마음이 더 중요하다는 것을 보여줍니다. 우리는 '내가 낳았으니까 내 아이다' 이렇게 생각하는데, 내 아이라고 믿기 때문에 내 아이입니다. 사람은 생물학적인 것보다 정신적인 것이 더 중요하다고 말씀드리고 싶어요.

어릴 때 입양된 아이가 자신의 입양 사실을 모른다면 그 아이는 자신을 입양한 부모를 평생 생모와 생부로 생각하겠지만, 아이를 입양한 부모는 입양 사실을 알기 때문에 '나는 양부모'라고 생각하는 것입니다. 마찬가지로 누군가가 병원에서 아이를 살짝 바꾸어 버리면 자신이 생모나 생부가 아니라는 걸 평생 모르고 살아갈 겁니다.

억지로 아이를 가지려고 애쓰는 것은 생물학적 조건에 집착하는 것이라고 볼 수 있습니다. 생물학적 생모가 될 수 없는 조건에 있다면 아이를 입양해서 '내 아이'라고 딱 믿어버리면 '내 아이'가 되는 거예요. 아이를 할머니가 길렀다고 하면 이름은 할머니지만 아이의 무의식 세계에서는 할머니가 엄마가 되는 거예요. 요즘 미혼모가 아이를 낳았는데 키울 형편이 안 되는 경우가 많잖아요. 이미 이 세상에 온 아이인데 돌볼 사람이 없으면 우리가 돌봐야 합니다. 건강 상태가 위험한데도 억지로 아이를 낳으려고 하는 것보다 키울 수 없는 사람의 아이를 입양해서 키우는 것이 진짜 사랑입니다. 이미 낳아 놓은 아이는 버리고, 태어나기 어려운 아이를 억지로 낳으려고 하는 것은 잘못된 생각입니다. 그러니 아이 없이 살든지, 아이를 정말 갖고 싶다면 입양해서 키우면 됩니다.

한국의 경제 수준이 비교적 높은 편인데도 불구하고 생물학적 사고에서 벗어나지 못해 지금도 많은 아이들이 외국으로 입양되고 있다고 합니다. 외국에서는 생물학적 조건을 많이 안 따지니까 입양해서 잘 성장하는 경우도 있지만, 부모와 외모가 확연히 다르기 때문에 자신이 입양아라는 사실을 금방 알게 되는 문제점도 있어요. 국내에서 입양이 많이 이루어지면 일부러 사실을 밝히지 않는 이상 그 아이는 평생 자신이 입양된 사실을 모르고 살 수 있습니다. 사실대로 얘기해 줘도 되지만 안 해 줘도 아무런 문제가 없다는 겁니다. 입양해서 내가 아이를 키우면 그 아이가 곧 내 아이가 되는 거죠. 내가 낳아서 내 아이가 아니라 기른 자가 엄마입니다. 대리모를 통해 아이를 낳으면 자기가 낳지 않았지만 자기 아이가 되잖아요. 대리모를 통해 낳은 아이는 그 속에 내 유전자가 들어갔고, 입양은 내 유전자가 들어가지 않았으니 다르다고 생각하고 있다면 이제부터 이런 생물학적 사고의 한계에서 벗어나 인류적 사고를 가지기 바랍니다. 이미 태어났는데 부모가 가난하거나 키울 조건이 못 되어서 돌봄을 받지 못 하는 아기를 여건이 되는 내가 대신 정성들여 키우는 것이 참된 부모의 자세입니다.

4차 산업혁명 시대의 자녀교육법

최근 대화형 인공지능 서비스가 보급되면서 인공지능이 주요 이슈로 언급되고 있습니다. 인공지능의 본격적인 등장은 인터넷과 스마트폰의 등장처럼 우리의 삶에 큰 영향을 미치고 있어 이에 대한 기대와 걱정이 많습니다. 또한 지금까지는 지식을 배우고 습득하는 것을 전통적인 학습에 의존했는데 이제는 많은 정보와 지식을 손쉽게 접할 수 있으니 아이들이 학습의 필요성을 덜 느끼기도 합니다. 그래서 "자동번역기가 있는데 영어 공부를 왜 해야 해?"라고 생각하기도 하죠. 급변하는 시대에 전통 세대인 부모는 어떤 마음과 자세로 중심을 잡고 아이들을 키울지 고민이 늘어나고 있습니다.

지금으로부터 100년 전에는, 포클레인이 없었습니다. 200년 전에는 자동차도 없었습니다. 전깃불과 전기톱도 없었습니다. 기계가 발명되고 많이 편리해졌지만, 그만큼 자연이 파괴되고 다치는 사람도 늘어났습니다. 인터넷과 텔레비전이 나와 정보를 빠른 속도로 습득해서 아는 것이 많아졌지만 나쁜 것도 굉장히 빨리 전파되고 있습니다. 옛날 같으면 그 지역에서 발생하다가 사라졌을 코로나 바이러스도 인류가 전 세계로 이동하다 보니, 사람을 따라서 전 세계로 순식간에 확산되었습니다.

과학기술은 도덕성과 가치관 같은 것이 없습니다. 기술을 어떻게 사용하느냐에 따라서 우리 삶에 유리하기도 하고 불리하기도 합니다. 옛날 삶을 기준으로 생각하면 지금이 천국 같아도 현재 사람들 나름의 괴로움이 존재합니다. 옛날 사람들 기준으로 '지금 같은 세상이라면 혼란스러워서 어떻게 사나?' 생각할 만한 것을 지금 사람들은 나름대로 잘 살아가고 있습니다. 앞으로 그 어떤 과학기술이 개발되어도 인간의 괴로움은 해결되기 어렵습니다. 인간은 괴로움이 해결되지 않는 그 상황을 적응해서 살아갈 것입니다. 이 두 가지는 무엇이 개발되어도 변함이 없습니다.

인간이 숫자와 문자를 발명한 것은 엄청난 일이었습니다. 숫자가 발명되면서 100개 내지 1,000개 이상을 헤아리는 데 한계가 있었던 인간은 엄청난 수ᄊ를 계산할 수 있게 되고, 문자가 발명되면서 수많은 경험을 기록하여 먼 곳, 후대까지 전달할 수 있게 되었습니다. 문자는 단기간에 직접적인 충격을 주기보다는 장기적인 영향을 주기 때문에 사회를 변화하게 합니다. 또한 문자를 통해 많은 내용이 전달되기 때문에 사람과 사람이 직접 만나서 인격적으로 소통하는 것보다 더 편리하게 지식을 얻을 수 있습니다. 그러나 이러한 기술 개발은 때로는 인간의 사고를 편향되게 하거나 나쁜 정보를 빠른 속도로 전달하여 많은 문제를 발생시킬 수도 있습니다. 그러나 너무 걱정할 필요는 없습니다. 인간은 새로운 환경에 또다시 적응해서 살아갈 것입니다.

저는 며칠 전 오지 마을 숲속에 사는 사람들을 만나고 왔습니다. 이들은 물을 얻기 위해 물동이를 이고 1킬로미터 이상의 거리를 하루 네 번씩 다녀와야 합니다. 그렇게 해야 온 가족이 밥을 해 먹을 수 있는 물이 겨우 생깁니다. 그 물로는 목욕이나 빨래는 포기한 채 살아갑니다. 그런 환경 속에서도 인간은 적응해서 산다는 겁니다. 변하면 변하는 대로 인간은 살게 마련입니다.

빠른 속도로 변화하는 세상에서는 기성세대가 가장 괴롭습니다. 왜냐하면 자신이 경험하지 못한 새로운 환경에 적응하려면 시간이 걸리기 때문입니다. 산업사회로 변화할 때 농사를 20년씩 지은 40대들은 기계를 다루는 게 서툴렀어요. 스무 살이 안 된 젊은이들은 금방 적응해서 살았고, 도시에 와서도 노동자가 되어 빠르게 적응해 나갔습니다. 가족을 거느리고 온 40대들은 대부분 도시 주위에 빈민촌을 형성해 불리한 조건 속에서도 나름대로 적응하며 살았습니다.

여기서 중요한 것은 어떤 과학기술이 개발되든 그것을 운용할 능력이 있어야 한다는 것입니다. 과학기술을 올바르게 사용할 줄 아는 것이 가장 중요합니다. 주어진 조건 속에서 자신의 경험과 습관을 고집하지 않고 변화에 적응할 수 있는 능력, 이것이 미래사회에서는 매우 중요한 능력입니다. 이것을 다른 말로 창의성이라고 합니다. 많은 것을 아는 것이 중요한 것이 아니라 그런 지식을 이용해 주어진 문제를 해결하는 능력이 더욱더 중요합니다.

기술의 발전은 영어를 배우지 않아도 되니 좋지요. 10년 전만 해도 해외여행 다닐 때, 가방에 지도를 한가득 갖고 다녔어요. 요즘은 스마트폰으로 지도를 검색해서 다니면 되니까 지도를 한 장도 안 가지고 다닙니다. 이렇게 변화된 상황에 맞게 적응해서 살아가면 됩니다.

조선시대 말에 근대 학교가 생기면서 서당에서 공부하고 과거시험을 통해 관리를 등용하던 시스템이 의미가 없어졌던 것처럼, 기억하고 암기하는 지식적인 기능으로 학생들의 등수를 매기는 현재 학교 시스템은 미래사회를 생각해 봤을 때 큰 의미가 없습니다. 부모가 지금까지 살아온 경험 때문에 아이가 공부

를 못하면 학원에 보내고 과외를 시켜 등수를 올리려고 하는데 조선시대 말의 과거시험처럼 지금의 학교 시스템도 거의 마지막 단계에 와 있습니다.

앞으로 교수직도 크게 필요가 없어집니다. 학생이 줄어들기 때문이기도 하지만, 다양한 동영상 플랫폼에 좋은 강의가 있으니 비싼 등록금을 내고 강의를 듣지 않겠지요. 지금은 학벌 때문에 대학에 입학하지만 이미 별 필요가 없어졌어요. 교육 시스템도 많이 바뀌게 되니 학교 선생님도 필요 없어집니다. 강의를 잘하는 한 명의 교사만 강의를 하고, 전국에서 그 강의를 온라인으로 들은 후 20명씩 소수로 모여서 학생들의 수업 내용에 대한 질문에 교사가 질의응답하는 방식으로 교사의 역할이 바뀌어야 합니다. 기계가 할 수 있는 건 기계에 넘기고, 기계가 못 하는 것을 사람이 하면 됩니다.

전 세계에서 영어를 사용하니까 요즘은 아이가 어릴 때부터 영어유치원에 보냅니다. 영어를 잘하면 인생의 문제가 해결되나요? 지금은 영어를 잘하는 사람이 별로 없으니까 영어를 잘하는 사람이 부각되는데 모든 사람이 영어를 잘하게 된다면 그 중요성의 의미가 없어지겠지요. 외국에 다닐 때 구글 번역기를 사용하면 일상적인 대화에 큰 문제가 없어요. 아직 전문 분야나 즉문즉설 같은 대화에서는 번역기만 갖고 대화가 어렵기는 하지만 영어를 못한다고 해외여행을 못 가거나 하는 일은 없어졌습니다. 번역 앱의 기술이나 전문적인 영역에서 인공지능 기술이 더욱 정교해지면 변호사 같은 직업은 점점 줄어들 거예요. 모든 법률을 학습시킨 인공지능이 사람보다 변호를 더 잘하기 때문입니다.

그 대신에 사람이 판결할 때는 법에 어긋나더라도 상황을 봐서 형량이나 처벌 수위를 조정하는 융통성이 있지만, 기계는 그것이 안 되니 사회가 경직될 위험은 있습니다. 인공지능으로 모든 업무가 이루어지면 부정부패는 없어질지 몰라도 융통성도 함께 없어질 수 있습니다. 운전을 하다가 길을 잘못 들었을 때 사람은 "그냥 간 김에 이 길로 가자" 하고 갈 수 있는데 내비게이션은 정해진 길이 있기 때문에 계속 돌아가라고만 안내하잖아요. 그런 것처럼 인공지능이 예전보다 나아졌다고 하지만 아직은 삶을 사는 데 유용한 도구로서 사용될 뿐이지 아직은 인공지능 때문에 지식이나 기술이 필요 없는 사회가 되거나 인공지능에 지배당하진 않을 겁니다.

인공지능 기술이 발전해서 노인과 아이를 잘 돌보고, 부엌일도 해 주는 로봇이 나오면 지금보다 더 삶이 편리해지기 때문에 너무 걱정할 필요는 없습니다. 인공지능이 인간에게 해악이 된다면 규제를 하면 되고, 인간에게 유리하다면 발전시키면 됩니다. 인공지능에는 이런 양면성이 있기 때문에 필요한 조건을 살펴 가면서 올바르게 판단하고 사용해 나가야 합니다. 인공지능

⒜I), 빅데이터, 메타버스, 블록체인, 코로나19 대유행으로 인한 바이오산업의 성장과 같이, 변화하는 상황에서 가장 중요한 것은 문제를 해결할 수 있는 능력을 갖추고 있는가입니다.

4차 산업혁명 시대의 핵심적인 특징은 예측하는 것이 불가능하다는 것이에요. 조선시대에 태어났다면 할아버지가 살던 시대, 아들이 살던 시대, 손자가 살던 시대가 비슷합니다. 할아버지가 농사지으면 아버지도, 아들도 농사를 지으니 농사에 대해 당연히 할아버지가 제일 많이 알고, 다음으로 아버지, 아들이 아니까 질서가 저절로 생겼습니다.

몇십 년 전부터 아버지는 농사를 지었는데, 시대가 바뀌어 아들은 농사를 짓지 않고 공장에 가서 용접을 해요. 스무살 먹은 아들이 공장에 가서 용접을 하고 있는데 마흔 살 먹은 아버지가 농사를 그만두고 도시에 와서 아들과 같이 용접을 한다면 아들이 아버지보다 일을 더 잘합니다. 그래서 아버지의 권위가 안 서게 돼요. 이렇게 상황이 완전히 달라졌는데도 농사지을 때처럼 아버지가 아들한테 자꾸 잔소리를 하니까 먹히지 않고 아들에게 '꼰대'라는 소리를 듣게 됩니다.

4차 산업혁명 시대로 가면 변화가 더 빨리 일어나요. 옛날에는 농사기술만 익혀 놓으면 평생 먹고 살았고, 산업화 시대에는 용접 기술 하나만 가지고 은퇴할 때까지 먹고 살았습니다. 그런데 앞으로는 하나의 기술을 익혀서 일할 수 있는 기간은 5년도 안 되고, 특정한 기술과 지식을 익히는 것이 별 소용이 없어져요. 기술도 전부 자동화되어 가고 의사나 변호사까지도 필요 없어질지 모릅니다. 인공지능에 의해 데이터를 기록해 분석하면 사람보다 더 빨리, 더 잘 진단합니다. 재판도 법률 데이터를 제공하면 인공지능이 더 잘 하니 기술이나 지식을 좀 알고 있다는 것은 점점 의미가 없어집니다.

이런 4차 산업혁명 시대에 대비할 수 있는 아이가 되려면, 어떤 기술을 익히는 게 중요한 게 아니라, 어떤 상황에서도 적응력이 뛰어나게끔 훈련을 시켜야 합니다. 앞으로 어떤 직업이 전망이 좋다는 예측은 누구도 할 수 없고, 맞지도 않습니다. 농사일이 생기면 농사를 지을 줄 알고 용접할 일이 있으면 용접을 하고, 컴퓨터 할 일이 있으면 컴퓨터를 하는 등 무엇이든지 할 수 있어야 합니다. 그러려면 아이가 어릴 때부터 방 청소, 빨래, 컴퓨터 등 무엇이든 할 줄 알아야 합니다. 그리고 무엇이 되어도 좋아야 합니다. "너는 요것만 해라", "너는 학교 다니면서 공부만 해라" 이런 방식은 이제 아무 쓸모없습니다.

5장

자녀와 부모가
함께 행복해지는
마음 닦는 법

양육에는
일관된 원칙이
있어야 한다

초등학교 3학년짜리가 "엄마, 권총 사 줘" 하고 엄마에게 졸랐어요. 엄마가 안 된다고 했는데도 아이가 계속 사달라고 조르자, "안 돼, 너를 위해서 안 돼" 하고 엄마가 타일렀습니다.

그러자 아이가 바닥에 누워서 발을 구르고 울며 소리를 질렀어요. 엄마가 아무리 가자고 해도 들은 척도 안 했어요. 이럴 때 보통 엄마들은 어떻게 합니까?

"아이고, 알았다, 알았어. 사줄게."

이러면 진정한 엄마가 아니에요. 떼쓰면 사주는 것이 엄마의 역할은 아닙니다. 처음에 엄마가 안 된다고 한 것은 아이를 위해 서였어요. 그렇다면 끝까지 안 사줘야 해요.

만약 아이가 떼를 쓴다면 어떻게 해야 할까요? 그때는 버려두고 가 버리면 됩니다. 엄마가 있으니까 떼를 쓰고 울지, 아이도 돌아보고 엄마가 없으면 벌떡 일어나요. 애들이 밥을 안 먹을 때도 밥숟가락 들고 따라다닐 필요가 없어요. 밥 안 먹으면 "아, 그래? 그러면 배고픈 북한 애들 주지" 하고 밥상을 딱 치워 버려요. 울고불고 와서 사정할 때까지 안 줘야 해요. 그래야 이것이 습관이 되고 정신이 됩니다.

아이를 키울 때는 되는 것과 안 되는 것을 야단쳐서 가르치는 게 아니라 엄격하게 구분해서 부모가 실천해야 해요. 그래서 안 되면 확실히 안 되고, 되는 것은 아이와 엄마가 한두 번 의견을 교환하다가 토론을 해서 들어주어야 합니다.

그런데 아이가 말하면 무조건 안 된다고 하고, 또 떼를 쓰면 결과적으로는 다 해 주니까 부모의 말에 권위가 없어지는 거예요.

아이에게 매를 자주 드는 것도 교육상 좋지 않습니다. 자주 매를 맞는 애들은 '까짓 거 또 맞으면 되지' 이런 정도로 받아들입니다. 습관이 돼 버리는 거예요.

그리고 엄마가 화가 나서 때리면 아이가 마음에 상처를 입습니다. 아이를 때려야 할 만큼 잘못한 일이 있거든 때리기 전에 이렇게 말해야 합니다.

"엄마도 가슴이 아프지만 너 이래서는 안 된다. 이러면 네가 나중에 훌륭한 사람이 될 수 없어. 그러니까 매를 맞아라."

옛날처럼 종아리 걷고 매를 때리더라도 애정이 있어야 해요. 화가 나서 홧김에 때리는 것이 아니라 아이를 위해서 울면서 때리는 거예요.

그런데 평소에는 아이가 버릇없이 하도록 내버려 두고는, 아이가 잘 몰라서 못하는데 가르쳐 주지는 않고 못한다고 짜증내고 성질을 내고 때리기까지 합니다.

아이가 생각할 때 한 열쯤 잘못했다 싶은데, 벌을 백쯤 받았다면 어떨까요? 억울하겠죠. 그럼 자기가 잘못했다는 마음은 온데간데없어지고 대신 억울한 마음만 남습니다. 결국 반항심만 생기고 교육 효과도 없어요.

그런데 잘못했는데도 그냥 내버려 두면 습관이 됩니다. 우리는 흔히 귀찮아서 내버려 두든지, 화를 참지 못해서 야단을 치든지 합니다. 내가 귀찮아서 내버려 두니까 버릇이 되고, 내가 화가 나서 야단을 치니까 도에 지나쳐 버려요.

아이의 잘못된 행위에 대해 적절한 수위로 아이를 위해서 야단을 쳐야 하는데, 자기 성질에 못 이겨 야단을 치는 게 문제예요. 이것은 매가 아니라 폭력이에요.

아이들은 맞을 때 부모가 분에 못 이겨서 그러는지, 사랑의 매인지 느낍니다. 그러니까 부모가 화를 내면서 때리면 아이도 분

노에 휩싸여서 그것을 다른 데 가서 풀어요. 엄마한테 맞은 형이 동생을 때리고, 동생도 분을 참지 못해서 강아지 걷어차듯이 연쇄반응이 일어나는 겁니다.

아이를 가르치려면 일관된 원칙이 필요해요. 이 원칙이 잘 살려져 교육 효과를 높이려면 아이를 위하는 따뜻함과 원칙을 지키려는 냉정함 그리고 자신의 분노대로 표현하지 않고 감정을 다스릴 수 있는 인내심이 함께 필요합니다.

아이에게
자긍심을
키워줘라

"남편이 다른 여자하고 바람을 피워 한동안 괴로워했습니다. 밉고 원망스러워서 '너 얼마나 잘되나 보자' 이런 마음으로 살다가 또 어느 날은 '그래, 내가 복이 없어 널 만났지. 누구를 탓하랴' 하고 마음으로 내려놓으려고 했지만 완전히 내려놓지도 못했습니다. 그러다 보니 자연스럽게 아이도 아버지를 미워하게 되었고, 나이 들어서도 방황했습니다. 아이에게 미안하고 불쌍한 마음이 들다가도, 문제를 일으키면 남편 생각이 나서 아이조차 밉고 마음이 불편해집니다."

이렇게 상담을 청해 온 엄마가 있었습니다.

바람난 남편에 대한 원망으로 살다가 사랑하는 자식에게까지 감정이 전이된 경우예요. 내가 너 때문에 피해를 입었다, 넌 나쁜 인간이다, 죽일 놈이다, 이렇게 남편을 미워하니까 화살이 자식에게까지 갔습니다.

이때 아이에게 문제가 생긴 것은 남편 때문이 아니라 나 때문이라는 사실을 먼저 자각해야 합니다. 남편이 바람피운 게 잘 했다는 얘기가 아니에요. 남편이 바람을 피웠다는 것은 하나의 사건일 뿐이에요. 이걸 부처님께서는 제1의 화살이라고 했어요. 하나의 사건이 생겼는데, 그 사건에 대응하는 나의 자세가 어리석은 거예요. 그 때문에 아이가 자꾸 문제를 일으키게 된 겁니다. 아이가 지금 중심을 못 잡고 헤매는 원인이 된 거예요. 내가 제2의 화살을 맞고, 다시 아이가 제3의 화살을 맞은 거예요.

그럼 이런 반론을 제기하겠죠.

"만약 남편이 바람을 안 피웠으면 내가 안 미워했을 거 아니에요?"

네, 맞습니다. 하지만 그보다 중요한 것은 아이는 엄마 품에서 자라고 엄마를 모델로 해서 성장한다는 사실이에요. 아이가 지금 문제 행동을 일으키고 있다면 그 근본 원인은 아이가 배 속에 있을 때, 아이가 어릴 때, 엄마가 아빠에 대해서 미워하는 마음을 내고, 부부 사이가 좋지 않았기 때문이에요. 엄마의 불편한 마음이 아이에게 전이된 거예요.

갈등이 깊어서 남편을 미워했기 때문에 아이에게 자긍심이 부족하고 누군가를 미워하는 씨앗이 심어졌다고 할 수 있어요. 부모 사이가 안 좋은 가정환경 속에서 지내다 아이가 사춘기나 대학 들어갈 나이에 부모가 바람 핀 소식을 알게 되면서 마음속에 있던 미움의 싹과 부딪히면서 아버지에 대한 미움이 깊어진 거예요.

사회적인 잣대로는 이 문제에 대한 책임을 남편에게 돌리는 것이 옳을지 모릅니다. 그러나 심리적으로 근본 원인을 치유하는 데는 아무런 도움이 되지 않아요.

그럼 어떻게 해야 할까요? 방법은 하나입니다. 내 마음속에 있는 남편에 대한 불신, 남편에 대한 미움이 먼저 없어져야 해요. 이것이 우선이기 때문에 가장 먼저 남편에게 참회 기도를 하라는 겁니다.

그런데 며칠 기도하다 보면 불편한 감정이 올라올 것입니다.

'잘못은 남편이 했는데 왜 내가 참회해야 하나? 지금 남편이 나에게 무릎 꿇고 눈물을 흘리면서 잘못했다고 빌어도 용서해줄까 말까인데 내가 왜 이 사람한테 참회를 해야 해?'

이런 마음이 올라와서 보통은 며칠 기도를 하다가 집어치우게 되지요. 그러면서 마음속에 의문이 생깁니다.

'스님도 이상하다. 스님도 남자라고 남자 편드네.'

이런 생각이 든단 말이에요. 그러나 상담할 때는 질문한 사람이 문제를 해결할 수 있는 방법을 제시하는 것이지 누구 편을 드는 게 아닙니다. 이 문제를 풀기 위해서는 남편에게 깊은 참회 기도를 해야 합니다. 그렇게 해야만 아이에게 조금이라도 도움이 될 수가 있어요. 그 외에는 엄마가 자식을 위해 할 수 있는 일이 없습니다.

지금은 아이가 이미 성년이 되어 버렸기 때문에 엄마가 기도 한다고 크게 도움이 되는 건 아니에요. 아이가 어릴 때는 기도해서 내 마음을 바꿔 버리면 아이도 금방 변할 수 있습니다. 그러나 자녀가 성년이라면 부모의 영향이 자식에게 크게 미치지 못해요. 부모가 좋은 일을 해도 자식에게 큰 영향을 주지 못 하고, 부모가 나쁜 일을 해도 마찬가지예요. 왜냐하면 자식은 이미 자기 판단력을 갖고 있기 때문이에요. 그러나 아들이 아직 결혼하기 전이라면, 그래도 자식이 스스로 하는 것 다음으로 영향을 줄 수 있는 건 역시 엄마예요.

그러면 남편과 자식 사이에 갈등이 생기면 어떨까요? 이런 상황이라면 싸우게 되어 있습니다. 왜냐하면 엄마가 아빠를 미워하는 마음의 씨앗이 아이에게 심어졌기 때문이에요. 그러니 둘이 싸우는 것은 당연한 거예요. 자식이 엄마 대신 아빠와 싸우는 거예요. 엄마가 남편한테 애 먹이지 못한 것을 자식이 대신 애를 먹이는 거지요.

그러니까 이 문제는 지금 해결이 안 돼요. 아내가 남편에게 깊은 참회를 하면 아이의 마음이 조금씩 바뀌어서 아빠에 대한 미움이 사라집니다.

남편이란 사람은 본래 훌륭한 사람도 나쁜 사람도 아니에요. 그냥 그 사람일 뿐이에요. 그런데 내가 훌륭하게 보면 훌륭한 사람이 되고, 내가 나쁘게 보면 나쁜 사람이 되는 거예요. 남편을 나쁘게 보면 아내인 나도 별 볼 일 없는 여자가 되고, 아들도 별 볼 일 없어집니다.

그래서 형편없는 사람의 자식이 되어 버린 아들의 종자 개량부터 해야 해요. 그 방법은 바로 '여보, 당신은 훌륭한 사람입니다. 제가 어리석어서 당신을 잘못 봤습니다.' 이렇게 참회 기도를 하는 거예요. 이것이 자식을 위하는 최고의 길입니다.

부모 자신의
상처부터
치유해라

우리가 스트레스를 받으면 나쁜 파장이 일어납니다. 스트레스 가운데 핵심은 미움이에요. 슬픔도 마음을 가라앉게 합니다. 그 다음으로 초조와 불안, 괴로움도 스트레스를 일으키는 원인입니다.

스트레스를 받으면 몸과 마음의 건강을 해치고, 함께 사는 사람들에게 영향을 줍니다. 부모가 화를 많이 내면 자식이 그것을 물려받고, 자식은 그것을 손자에게 물려줍니다. 심리적 대물림이 일어나는 거예요.

이것을 끊어 주지 않으면 어릴 때 받은 마음의 상처로 평생을 고통받게 됩니다. 주변을 살펴보면 그것을 평생 마음의 짐으로 지고 가는 사람이 많아요. 쉰 살이 넘었는데도 어릴 때 어머니가 사랑을 주지 않고 상처를 준 데 대한 미움과 원망을 이야기합니다.

"어머니는 제가 서너 살 때부터 아버지에 대한 분풀이를 제게 하셨습니다. 커서는 그 마음을 받아 주지 않는다며 불효 자식이라고 낙인을 찍었습니다. 그동안 많이 노력해서 삭이긴 했지만 평생 자식을 분풀이 도구로만 생각하고, 사랑이라곤 준 적이 없는 어머니에 대한 분노가 아직도 제게 남아 있는 것 같습니다."

나중에 이야기를 들어보니 이분의 어머니는 속아서 결혼을 한 경우였어요. 초혼인 줄 알고 시집을 와 보니 남편에게 딸이 하나 있었던 겁니다. 그러다 보니 남편에 대한 증오가 생겼고, 그것을 아들에게 푼 거예요.

어린 자식 입장에서는, 어머니가 아버지에 대한 분노와 저주를 퍼부으니 마음이 불안할 수밖에 없지요. 흔히 엄마가 자식을 붙들고 남편에 대한 불평을 이야기합니다. 그러면 자식들이 아버지에 대해 좋은 감정을 가질 수가 없어요. 그러다 보니 아버지에게 형식적으로만 인사하고 문 탁 닫고 제 방에 들어가 버립니다. 신체적인 접촉은 물론이고 얼굴조차 마주하질 않아요.

어릴 때부터 "네 아버지 문제 있다", "나쁜 인간이다" 하는 말을 들으며 자란 자식들은 부부가 싸우면 다 엄마 편이 되어 아버지를 미워합니다.

그런데 부모의 사랑은 자식이 다 모른다고 하잖아요. 그러니까 부모가 얼마나 자기를 보이지 않게 사랑했는지 자식은 모를 수도 있어요. 또 부모에 대해 내가 바라는 사랑이 너무 높으면 부모가 해 준 사랑이 부족하다고 느끼고, 바라지 않으면 아무것도 안 해 줘도 살아 계신 것만으로도 고맙게 느낍니다.

따라서 이것은 부모 문제라기보다는 사실 내 문제예요.

그러면 부모로부터 받은 상처는 어떻게 해야 치유할 수 있을까요? 부모가 나한테 와서 "아이고, 그래 너한테 잘못했다. 미안하다." 이렇게 용서를 구해야 치유가 될까요? 하지만 부모는 기억도 못하고, 오히려 "내가 뭐 잘못했다고… 너 키우느라 얼마나 고생했는데." 이렇게 생각합니다.

이 문제를 근본적으로 해결하려면 과거의 상처를 이해하고 털어 버려야 합니다. 어릴 때는 '부모가 돼서 어떻게 저러나'라고 생각했지만, 우리가 부모가 돼 보니 부모는 싸우면 안 될 것 같았는데도 싸울 일이 있잖아요. 헤어질 일도 있어요.

그것은 자식을 괴롭히려고 그런 게 아니에요. 부모도 어리석고 자기 통제를 못하기 때문에 살기 힘들어서 벌어진 거예요.

지금 우리가 어른이 되고 보니 우리 역시 완전히 성숙한 것도 아니고, 남편(아내)과 싸울 때도 있고 이혼하고 싶은 마음이 하루에 열두 번도 더 일어나기도 합니다.

'어릴 때는 우리 엄마가 신 같았는데, 지금 어른이 돼서 보니 엄마도 그때는 서른두세 살 먹은 여자였을 뿐이구나. 그때 뭘 알았겠는가. 사는 게 힘드니까 화가 나고, 애는 둘 셋이나 되니 짜증이 날 수밖에 없었겠지. 그래도 우리 엄마는 나보다는 더 열심히, 더 부지런히 사셨구나.'

이렇게 엄마를 이해하는 마음을 내보는 거예요.

부모를 원망하면 결국 부모가 나쁜 사람이 되고, 부모가 나쁜 사람이면 자기는 나쁜 사람의 자식이라, 종자 자체가 좋을 수 없기 때문에 자기 비하가 되고 자긍심이 없어집니다.

그래서 반드시 부모에 대해서는 어떤 경우라도, 설사 낳아서 고아원에 갖다 버렸다 하더라도 '낳아 주셔서 감사합니다. 키워 주셔서 감사합니다.' 이렇게 감사하는 마음을 내야 합니다. 그럴 때 비로소 무의식 속에서 자기 긍정성이 생깁니다.

'제가 당신의 마음을 몰랐습니다. 제 생각에 빠져서 당신을 미워했는데 정말 죄송합니다.' 이렇게 참회하면 내 상처가 치유됩니다. 자기 상처를 치유해서 자기 스스로 건강해져야 해요. 내가 건강해져야 남편도 사랑할 수 있고 자식도 사랑할 수 있습니다. 상처받은 마음으로는 누군가를 사랑하기가 힘듭니다. 스스로 짊어진 무거운 짐 때문에 늘 힘겨워서, 남편이 이렇게 안 해 준다, 애가 저렇게 안 해 준다, 늘 불평만 하며 살게 돼요.

부모가 자신의 상처를 치유하지 않고, 상처의 독기를 아이에게 뿜으면 아이는 잘 성장할 수가 없어요. 아이 하나 잘못 키우면 세상에 엄청난 해악을 끼칩니다.

어떤 사건이나 사람을 만나게 될 때, 상대를 이해하는 마음, 감사하는 마음을 내서 자꾸 기도를 하면 마음속에 있던 상처들이 치유됩니다. 그것이 말끔하게 지워지면 내가 훨씬 부드러운 사람이 될 수 있어요. 자식에게도 따뜻하고 너그러운 어머니가 됩니다.

엄마가 자식 하나만 잘 키워도 사회와 세계 평화에 기여한다는 사실을 꼭 기억하세요.

부모가 행복하면
아이는
절로 잘 자란다

"제 아내는 지금 임신 중인데 욱하는 성질이 있습니다. 이로 인해 아이가 영향을 받을까 봐 걱정입니다. 어떻게 하면 좋은 엄마가 될 수 있을까요? 그리고 어떻게 하면 아이를 행복하게 키우는 좋은 아빠가 될 수 있을지 궁금합니다."

엄마에게 욱하는 성질이 있다면 아이가 상처를 받는 건 당연합니다. 엄마가 욱하면 아이도 나중에 욱하게 되는 거예요. 그러나 비록 욱하는 성질이 있긴 하지만 결혼해서 별문제 없이 잘살고 있다면, 아이도 욱하는 성질이 있겠지만 엄마처럼 잘 살 것이니 너무 걱정하지 마세요.

만일 아이에게 영향을 줘서는 안 되겠다고 생각한다면 절대로 욱하지 말아야 해요. 아내가 욱하지 않도록 하는 것이 중요합니다. 아이가 없다면 살면서 욱할 수도 있고 욱해도 별문제가 없겠지만, 아이 엄마일 때는 달라요. 엄마가 한 번 욱할 때마다 아기는 배 속에서 엄청 놀라게 돼요. 쪼그라들 듯이 긴장이 되기 때문이에요. 이렇게 엄마가 한번 욱할 때마다 배 속의 아이에게 장애가 생긴다면, 계속 욱할 수 있겠어요?

그런데 성질은 그렇게 쉽게 고쳐지지 않아요. 죽을 각오를 해야 고쳐져요. 한 번 욱할 때마다 손가락을 꽉 깨물겠다는 심정으로 성질부리기를 멈춰야 합니다. 나도 잘 사니까 우리 아이도 잘 살 거라고 생각하고 그냥 살든지, 손가락을 깨물고 피를 흘리는 한이 있더라도 성질을 고치겠다고 각오를 하든지, 둘 중 하나를 선택해야 해요.

이런 각오가 없다면 그냥 성질대로 살면 돼요. 이런 각오도 없이 성질을 고치려고 하는 것도 욕심입니다. 욕심은 내는데 고쳐지지는 않으면 스트레스만 받아서 오히려 더 안 좋아요. 스트레스 없이 그냥 사는 게 차라리 더 좋습니다. 어느 쪽을 선택하든 가볍고 편안한 마음으로 아이를 대하는 게 중요해요.

좋은 아빠가 되기 전에 먼저 좋은 남편이 되어야 해요. 아이를 주로 엄마가 키운다면, 아이에게는 신경을 딱 끄고 아내가 '우리 남편 참 좋은 남편이다'라고 느낄 수 있게 하면 좋은 아빠는 저절로 됩니다.

아이가 태어나서 세 살이 될 때까지는 자아형성이 되는 시기예요. 이때 아이의 심성이 삐뚤어지면 나중에 다루기가 거의 불가능해요. 그러니 이때 제일 중요한 것은 아이의 마음이 편안하도록 하는 겁니다. 그러려면 아이를 키우는 엄마의 마음이 편안해야 합니다.

따라서 세 살 때까지는 아내가 일찍 들어오라고 하면 일찍 들어와야 하고, 어쩔 수 없이 늦을 일이 있으면 미리 연락을 해서 상황을 알려줘야 합니다. 그렇게 하지 못해서 아내의 마음에 의심이 생기고 불안감이 들게 하면 안 돼요. 그러면 아이도 편안하게 자라지 못합니다.

그리고 아이에게 내가 무슨 역할을 해야 하는지는 너무 신경 쓰지 마세요. 그러면 아이가 내 삶에 부담이 됩니다. 부모가 아이를 키우는 게 힘이 들지 않아야 아이가 건강하게 자랍니다. 아이 키우는 재미가 크고 보람된다고 생각하면, 아이는 대부분 훌륭하게 자랍니다.

짜증을 내면서 옷을 깨끗하게 빨아주는 게 아이의 정신 건강에 더 좋을까요, 옷이 좀 더러워도 그대로 놔두고 짜증을 안 내는 게 더 좋을까요? 짜증을 안 내고 청소를 좀 덜 하고, 짜증을 안 내고 먹을 것을 좀 덜 챙겨주는 게 아이의 정신 건강에 더 좋습니다.

아이 키우는 것을 가볍게 생각해야 합니다. 너무 걱정하지도, 잘 키워야겠다는 생각에 사로잡히지도 말고, 부부가 둘이서 행복하게 살면 아이는 그 속에서 저절로 행복하게 자랍니다.

삼천배보다
마음 한 번 숙이는 게
더 낫다

자식을 위해, 가족을 위해 열심히 절하는 사람들이 있어요. 3천 배 했다, 1만 배 했다, 자랑 삼아 말하기도 합니다. 그러나 진정한 기도는 숫자에 있지 않습니다.

"아들이 중학교 들어가고부터 학교에 가고 안 가고를 반복했습니다. 돈과 관련된 사고를 친 적이 있어서 전학을 갔고, 그 후에도 사고를 치면 변상해 주는 일들이 계속되었습니다. 고등학교에 가서도 계속 사고를 쳐서 변상해 주느라 빚도 많이 졌습니다. 아빠가 집에 있으면 아들이 피해 버립니다. 아이가 집을 나간 지는 3주 되었고요. 저는 2년 전부터 절에 다니면서《지장경》

과 《금강경》을 매일 읽고 있고, 하루 600배씩 네 차례에 걸쳐 절을 하며 백일기도를 회향했습니다. 하루 3천 배 기도를 받았는데 매일은 못하고 넉 달에 걸쳐서 두 번을 회향했습니다. 그렇게 해도 마음이 순간순간 답답하고 아들을 바라보는 마음이 편치가 않네요."

이 어머니는 자식을 위해 기도를 많이 했어요. 존경할 만하지요. 그런데 가장 중요한 것이 빠졌어요. 진정한 참회를 하지 않은 겁니다. 절을 3천 번 하는 것보다 마음 한 번 숙이는 게 더 중요해요. 절을 많이 하고, 경전을 많이 읽는 것이 중요한 게 아닙니다.

참회라는 것은 '아, 내가 어리석었구나, 내가 잘못했구나' 이렇게 뉘우치는 것을 말합니다. '참으로 내가 어리석었구나, 내가 잘못했구나' 하는 마음을 내면 고개가 저절로 숙여져요.

우리 몸동작을 한번 보세요. 둘이 누워서 얘기를 하다가 "뭐? 그게 아닌데, 뭐라고?" 하면서 시비가 생기면 계속 누워서 논쟁을 합니까, 벌떡 앉습니까? 벌떡 앉습니다. 의견 충돌이 심각해지면 앉아서 계속 얘기합니까, 일어섭니까? 일어섭니다.

둘이 서서 대화를 하는데 계속 의견이 안 맞으면 고개를 쳐들고 합니까? 숙이고 합니까? 고개를 쳐들고 합니다.

내가 옳다, 하는 것을 '아집'이라고 합니다. 내가 옳다는 생각이 강하면 강할수록 누워 있던 몸은 앉게 되고, 앉아 있던 몸은 서게 되고, 선 몸은 고개를 쳐들게 되고, 어깨와 목에 힘을 주게 되고, 눈은 부릅뜨게 됩니다. 이게 몸이 나타내는 동작이에요.

내가 옳다고 하는 생각이 강하면 강할수록 이렇게 됩니다. 그런데 고개를 쳐들고 싸우다가 '어, 내가 잘못 생각했네' 하는 마음이 들면 치켜뜬 눈이 어떻게 돼요? 약간 눈이 내리깔리고, 좀 더 잘못했다 싶으면 고개가 숙여지고, 좀 더 잘못했다 싶으면 허리가 숙여지고, 더 잘못했다 싶으면 무릎을 꿇게 되고, 더 잘못했다 싶으면 이마를 땅에 대고 "죄송합니다. 죽을죄를 졌습니다" 하게 됩니다.

절을 한다는 것은 참회한다, 뉘우친다는 표현입니다. 뉘우치는 마음 없이 절만 하는 것은 허리 운동이에요. 이것은 참회하고 아무 관계가 없습니다. 그러니까 절을 할 때, '아이고 죄송합니다. 제가 잘못했습니다'라는 마음으로 숙일 때 나타나는 동작이 무릎을 꿇고 머리를 땅에 조아리는, 소위 말하는 오체투지예요. 몸의 다섯 부분을 땅에 대는 겁니다.

그런데 참회하면 좋다고 하니까 절하는 기계처럼 엎드려 절을 하면서 이런 말을 합니다.

"몇 배 했어요? 300배? 와, 그렇게 많이 했어요? 난 아직 200배밖에 못했는데."

이런 식으로 3천 배를 하는 것은 참회가 아니라 극기 훈련이에요. 이것은 참회하고는 아무 관계가 없습니다. 절에 가서 3천

배를 했다, 1만 배를 했다, 3천 배씩 100일을 했다고 자랑하는 것은 대부분 극기 훈련을 한 거예요.

물론 극기 훈련도 도움은 됩니다. 참는 데 도움이 돼요. 또 절을 많이 하면 다리 운동, 허리 운동, 목 운동도 되기 때문에 건강에 좋습니다. 그래서 요즘은 불교하고 관계없이 다른 종교에서도 절 운동을 많이 합니다. 절 운동을 많이 하면 건강에 아주 좋아요. 그런데 절이 곧 참회는 아니에요. 진짜 참회를 한 번이라도 해야 절이라고 할 수 있지, 절을 하루에 3천 번 한다, 600번 한다가 중요한 게 아니에요.

절을 하면서 자기 생각을 내려놓으면 절은 수행이 됩니다. 그러나 절을 하면서 계속 '내가 너를 위해서 절을 하는데……' 이런 생각을 가지면, 집에 돌아갔을 때 아이가 공부 안 하는 걸 보면 짜증이 더 나요. 대신 내가 놀다 오면 짜증이 덜 납니다, 미안해서. 나도 놀고 왔으니까 자식이 놀고 있어도 짜증이 덜 나는데 기도하고 오면 짜증이 훨씬 더 나는 거예요. 그러니까 어떤 마음이냐가 중요한 것이지, 절을 얼마만큼 했느냐 하는 형식이 중요한 것은 아닙니다.

상담을 요청한 분의 아이는 인도처럼 아주 가난하고 어렵게 사는 곳이나 힘들게 사는 사람을 보고 직접 느껴야 합니다. 그래서 아이의 내면에서 '아, 내가 이렇게 살아서는 안 되겠구나' 하는 자각이 일어나면 치유될 가능성이 있습니다.

그런데 부모가 이렇게 저렇게 만 번을 말해 봐야, 하면 할수록 저항감만 더 일어납니다. 그래서 이래라 하면 저렇게 하고, 저래라 하면 이렇게 하면서 일부러 저항을 합니다.

이런 상황에서 지금 당장 할 수 있는 것은 참회 기도고, 그 다음에 엄마가 아이를 데리고 지독하게 고생을 해야 합니다. 6·25 전쟁 때 보따리 메고 피난 가는 정도의 고생을 해야 변화될 가능성이 있어요.

이때 부모가 자식에게 지은 죄를 생각하면 어떤 고통도 이겨 낼 각오를 해야 해요. 그래야 자식을 바로 만들 수 있지, '아이고 힘들어서 그걸 어떻게 해. 나도 인도 안 가 봤는데……' 이렇게 생각하면 아이를 바꿀 수 없어요. 반드시 인도를 갈 필요는 없어요. 인도를 가라는 것은, 그곳의 생활이 열악하기 때문이고, 또 외국인이 여행하는 게 가능하기 때문이에요. 말이 안 통하면 손짓 발짓 해 가면서 엄마와 자식이 같이 고생을 해야 무언가 변화의 기운이 옵니다.

아직
살아 있으니
고맙습니다

우리네 인생살이는 낭떠러지를 향해서 질주해 가는 것과 같습니다. 조금만 더 가면 낭떠러지에서 떨어져 죽을 상황인데, 서로 앞서가려고 옆을 쳐다보면서 경쟁하는 것과 똑같아요. 한 치 앞을 못 보고, 나중에 재앙이 생기면 이럴 줄 몰랐다고 울고불고 난리를 칩니다.

지난번 미국 방문 때 어떤 분을 만났습니다. 그분 아들은 아주 잘생기고 똑똑하고 어디 내놔도 자랑스러울 만한 인물이었어요. 그런 아들이 교통사고가 나서 갑자기 죽어 버린 거예요.

그래서 부모가 충격을 받아 혼이 다 빠져 버렸어요. 교회도 가

보고, 절에도 가보고, 굿도 해 보고, 할 거 다 해 봤는데도 눈이 퀭하고 살아 있는 사람의 얼굴이 아니었어요.

어느 부모가 자식에게 그런 일이 생기리라고 상상이나 했겠어요? 지금 아무리 남부러울 것 없이 산다 해도 인생은 한 치 앞을 모릅니다.

애한테 '공부, 공부' 하는 엄마 밑에서 자라는 아이는 갈수록 위축되고, 그러다가 그 기대에 못 미치면 생을 마칠 수도 있어요. 주변을 살펴보면 그런 일을 당하고 울고불고하는 엄마가 한둘이 아니에요.

사람은 이미 주어져 있는 것들에 대해서 감사할 줄을 모릅니다. 부모가 있을 때는 부모가 얼마나 소중한지, 또 나에게 얼마나 감사한 존재인지를 잘 모릅니다. 부모가 돌아가시고 나면 그때야 비로소 뼈저리게 깨닫게 되죠.

남편이나 아내에 대해서도 마찬가지예요. 곁에 있을 때는 있는 것에 대한 고마움을 몰라요. 늘 내가 원하는 대로 안 되는 몇 가지 문제, 그 부족한 것만 보고 불평불만을 늘어놓습니다.

자녀들에 대해서도 마찬가지예요. 아이가 건강하면 공부 잘하기를 원하고, 공부를 잘하면 더 잘하기를 원하고 계속 부족한 것만 보여요.

그런데 아이가 집을 나가 버리거나 죽고 없으면, 그동안 자신의 생각이 얼마나 어리석었는지 알게 됩니다. 그래서 우리는 늘 후회하면서 살게 돼요. 곁에 있을 때는 고마운 줄 모르고 미워하며 살다가, 곁에서 없어지면 후회하고 괴로워하며 인생을 살아요.

우리가 매일 숨 쉬는 공기도 얼마나 소중하고 감사한 것인지 모르고 삽니다. 생명을 유지하는 데 가장 중요한 게 공기인데도 그것의 가치를 몰라요. 그러다 공기가 없어서 숨을 못 쉴 지경이 될 때 공기가 얼마나 소중한지 천만금을 줘도 바꿀 수 없다는 걸 깨닫습니다. 또 우리가 마시는 물이 얼마나 소중한지는 물이 없는 상태가 되어 보면 알 수 있어요.

지진이나 홍수, 쓰나미 같은 자연재해로 먹는 물도, 화장실 물도, 세수하고 목욕하는 물도 없어서 많은 사람이 괴로움을 겪는 일이 종종 생깁니다. 이렇게 어려움을 당해 보면 그제야 물이 얼마나 귀중한지 알게 돼요. 정말 귀한 물, 공기는 거의 공짜로 주어졌는데도 고마워할 줄 모르고, 없어도 사는 명품 핸드백은 수백만 원, 수천만 원 들여서 구하려 하고 없으면 없다고 괴로워합니다. 현재 우리의 인생살이가 이렇습니다.

지금 내가 누리고 있는 것을 먼저 돌아보세요. 오늘 아침 밥을 먹을 수 있었던 것도 감사한 일이에요.

'북한에서는 굶어죽는 사람도 있다는데 나는 아침밥 먹어서 참 다행이다', '두 끼만 먹어도 사는데 점심까지 세 끼 다 먹어서 다행이다', '지진 난 곳의 얘기를 들으면 비 피할 집도 없는데 나

는 비도 안 새는 집에서 편히 자니 다행이다.' 이렇게 현재 자기가 누리고 있는 것에 대해서 먼저 기쁨을 재발견해 보세요. 그러면 저절로 삶의 방향이 잡힙니다. 지금 누리고 있는 삶에 대한 행복과 기쁨을 발견하지 못하기 때문에 먼 곳만 쳐다보고 괴로워지는 거예요.

남편이고 자식이고 다 내 마음대로 안 되고, 자꾸 욕심이 생기는데 뜻대로 안 될 때가 있을 거예요. 주어진 환경이 불만스럽고, 매사 귀찮고 우울해질 때가 있을 겁니다. 그럴 때 삶의 기본 조건으로 돌아가 살펴보세요.

저녁에 눈 감으면 사실은 죽는 것과 같아요. 아침에 눈 못 뜨면 죽는 거예요. 아침에 눈을 떴을 때 갱에 갇혀 있다 살아 나온 칠레 광부처럼 기뻐해야 돼요. 얼싸안고 '아이고 오늘도 살았네' 이러면서 펄쩍펄쩍 뛰어야 해요. 그러면 인생의 고민이 싹 다 해결됩니다.

아침에 눈 뜨면서 '아이고, 일어나기 싫어' 이렇게 아침부터 인상 쓰지 말고 '어, 나 살았네' 이렇게 해야 해요. 살아 있음에 대한 기쁨을 매일매일 자각하면 자기가 가진 것을 돌아보게 됩니다. 아침에 일어나서 운동 삼아 108배 절을 하며 감사 기도를 해 보세요.

'나는 행복합니다', '부모님 감사합니다.'

100일 동안만 이렇게 감사 기도를 해 보면 생기가 좀 돌 거예요. 시들어가는 식물에 물을 주면 이파리가 파룻파룻해지고 생기가 나듯이 마음에 기운이 나고 정신이 살아납니다.

우리가 살아가는 데 가장 중요한 것은 정신적인 힘이에요. 나머지는 부차적인 거라 할 수 있어요. 걱정이 많으면 정신적인 힘이 자꾸 약해집니다. 정신적인 힘이 약해지다 보면 매사가 불만스럽고 우울해져요. 정신적인 힘을 키우려면 아직 살아 있다는 것에 감사하고, '나는 행복하다, 감사합니다' 하는 마음으로 기도하면서 정신적인 힘을 먼저 키워야 해요. 그러면 인생에서 어떤 일이 닥쳐도 의연하게 대처해 나갈 수가 있습니다.

엄마가 행복해야
자식도 행복하다

살아온 인생을 돌아보세요. 여러분은 자기 삶을 살고 있습니까?

부모한테 끌려서 살다가 결혼하면 또 남편한테, 애 낳으면 애한테 끌려서 사는 분들이 많지요? 가족을 위해 산다고 생각했는데, 중년이 되면 어때요? 애들은 사춘기라고 자기 마음대로 하려 들고, 남편도 직장 생활에 바빠서 대화가 잘 안 됩니다. 자신의 삶을 돌아보니 해놓은 것도 없고, 사는 게 뭔가 싶어집니다. 특히 밤잠 설쳐 가며 키운 자식이 저 혼자 자란 듯 제 맘대로 하면 배신감이 큽니다. 지난 세월 동안 자식 위해 바쳤던 사랑이

짓밟힌 듯해서예요. 이러면 회한과 함께 자식에 대한 원망이 깊어지면서 우울증이 급속도로 다가옵니다.

그런데 우리가 자식 때문에 괴로운 것이 당연한 걸까요? 자식 문제로 질문하는 얘기를 들어보면, '스님, 저는 안 괴로울 수가 없어요' 이러는 것 같습니다. '난 이러이러한 이유로 괴로울 수밖에 없습니다.' 괴로운 게 굉장한 자랑이나 되는 것처럼 이유를 척척 댑니다. 그러면 나라는 존재는 자식 때문에 끝없이 불행할 수밖에 없습니다.

엄마가 바뀌면 아이도 바뀐다

자식은 자식대로 자기 인생을 살 뿐이에요. 그런데 부모는 자식의 인생을 마치 내 인생인 양 의미를 부여합니다. 그런 생각으로 사랑을 쏟다 보니, 자식이 내 마음 같지 않은 걸 보고는 괴로운 거예요. 자식은 커 가면서 엄마 품을 떠나는 게 당연합니다. 그런데 품 안의 자식만 생각하고, 그 시절에 집착하면 부모도 자식도 괴로울 수밖에 없어요.

지금 자식들과 사이가 좋지만, 애들 없이도 살 수 있는 연습을 해야 합니다. 그래서 마음으로 독립을 해야 해요. 이것이 엄마도 행복해지고 자식도 행복해지는 방법이에요. '자식 때문에'라고 이유를 다는 것은 자기 삶이 독립되어 있지 않다는 겁니다.

일하기 싫고 게을러서 노는 사람도 문제지만 일 안 하면 불안해서 못 견디는 사람도 있잖아요. 일 없으면 일을 안 하고도 편안하게 지낼 수 있어야 하고 일이 태산같이 주어지면 일을 태산같이 하면서도 마음이 편안해야 하는데, 일이 많으면 힘들어하고 일이 없으면 불안해하고 이게 다 병이에요.

그래서 자녀가 중고등학생이 되면, 엄마는 자기 일이 있어야합니다. 내 할 일이 있고, 내 공부하고 명상할 일이 있으면 자식에 대해서 화를 내지 않게 돼요. 온통 신경이 자식에게 가 있으니까 아이의 행동 하나하나에 신경 쓰고 간섭을 하는 거예요. 집에 있으면 자꾸 아이를 문제 삼게 되니까, 밖에 나가서 자기 나름의 보람을 갖고 자기실현을 하는 게 중요해요. 남을 위해 내가가진 것을 나눠 주는 봉사 활동을 하면 큰 보람을 느낄 수 있고, 자녀도 따라 배울 수 있어서 좋습니다.

그런데 밖에 가서 봉사 활동만 하고 수행을 안 하면 얼마 못가서 또 지치게 돼요. 그래서 늘 자기 마음을 다스리는 공부를해야 합니다. 그러면서 자신을 바라보는 깨달음의 장(정토회 수련원에서 진행하는 4박 5일 수련 프로그램)에도 갔다 오고, 1년에 한 번 내 마음을 털어놓는 나눔의 장(정토회 수련원에서 진행하는 4박 5일 수련 프로그램)에도 다녀오고, 봉사도 하면서 3, 4년 공부하면 자기 삶을 찾을 수 있습니다.

오늘부터 자기를 아름답게 가꿔 나가는 연습을 해 보세요. 내가 나를 사랑하지 않는데, 누가 나를 사랑해 주겠으며, 내가 나도 사랑할 줄 모르는데 어떻게 남을 사랑하겠어요? 남에게 사랑받고, 남을 사랑하는 출발점은 먼저 나 스스로를 사랑하는 거예요.

내가 나를 사랑한다는 것은 스스로를 괴롭히지 않는 겁니다. 그래서 어떤 경우에도 내가 괴롭지 않은 삶을 지켜 나가는 거예요. 자식이 속을 썩이든 말을 안 듣든 어떤 상황에서도 내가 자유로워지는 거예요. 이것을 해탈이라고 합니다.

그래서 불교의 최고 이상은 극락 가고 천당 가는 게 아니라 해탈과 열반을 이루는 겁니다. 즉 참 자유와 참 행복을 얻는 거예요. 마음의 원리를 공부하고 수행해 가면 누구나 다 그렇게 될 수가 있습니다.

수행을 통해서 내 문제를 먼저 알아차리면 내가 바뀝니다. 그렇지만 우리가 뭘 배우든지 처음에는 잘 안 됩니다. 수행은 연습이고 연습은 끊임없는 실수의 반복이에요. 그러나 연습을 계속하다 보면 성공한다는 희망을 볼 수 있어요. 그렇게 연습하는 마음으로 수행 정진을 하다보면 꼬인 매듭이 풀리기 시작합니다. 매듭이 풀리면 맺힌 마음이 녹아내리고 마음이 열리면서 힘이 생깁니다.

그런데 자신의 모습을 아는 것과 행동이 바뀌는 것은 다릅니다. 고치려고 노력해도 몸에 밴 습관은 쉽게 변하지 않아요. 자신의 문제점을 바꾸려면 천 일 정도는 기도를 해야 합니다. 그래야 자기 업이 바뀌기 시작해요. 그래서 주변 사람들이 "너 변했다", "갑자기 사람이 변하면 죽는다던데……" 이 정도의 얘기를 들어야 평생 살아온 습관을 고칠 수 있습니다.

자식을 위해 노력해 보겠다며 기도문을 받아 한 열흘쯤 기도하다 보면 '왜 내가 이렇게까지 해야 하나?' 회의가 들면서 하기가 싫어집니다.

그것을 참고 100일쯤 하고 나면 '나한테 이런 문제가 있구나', '내가 고집이 세구나', '내가 성격이 급하구나' 하고 느낍니다. 100일 기도를 해야 자신의 모습을 조금 볼 수 있게 되는 거예요.

이렇게 자신을 돌아보고 습관을 바꿀 수 있다면 자식에게 아주 좋은 모델이 될 수 있습니다. 이때는 자식에게 이렇게 해라, 저렇게 해라 말할 필요도 없어요. 자식들은 훌륭한 모델을 보고 그대로 따라 배울 테니까요.

겨자씨 한 움큼의 행복

아주 가난한 여인이 아들을 낳지 못 하는 부유한 집안에 아들을 낳아 주러 시집갔다가 아들을 낳고, 부유한 생활을 하는 꿈같은 세월을 보내고 있었습니다. 그런데 아들이 일곱 살 때 갑자기 죽어 버렸어요.

엄마로서 아들이 죽었으니 당연히 슬프겠지만, 아들의 죽음과 동시에 자신의 행복도 날아가 버렸잖아요. 다시 가난한 생활로 돌아가야 하니까 그 아들을 살리려고 하는 마음은 그 어떤 사람보다도 더 간절했어요. 거의 미치다시피 했어요. 날마다 죽은 아들의 시신을 갖고 다니면서 살려 달라고 아우성을 쳤어요. 어느 날은 여인이 하도 슬퍼하며 우니까 누군가가 귀띔을 해주었어요.

"기원정사에 계시는 부처님께 한번 가 보십시오."

그래서 여인은 죽은 아들을 안고 절에 찾아가서 부처님 앞에 엎드렸어요.

"부처님, 제발 아들 좀 살려주세요."

부처님이 물끄러미 울부짖는 여인을 보시더니 말씀하셨어요.

"여인이여, 그 아이를 놓고 일어나 보세요. 여인이여, 지금 마을로 돌아가서 사람이 죽지 않은 집에 가서 겨자씨 한 움큼을 얻어올 수 있겠습니까?"

이 여인은 그 말을 듣자마자 '아, 겨자씨 한 움큼만 얻어오면 우리 아이를 살릴 수 있겠구나' 하는 생각이 들었겠죠. 그래서 눈물을 거두고 성내로 뛰어가 어느 집에 들어갔어요.

"겨자씨 있습니까?"

"네."

"한 움큼만 줄 수 있나요? 그런데 이 집에 사람이 한 번도 죽지 않았습니까?"

"아이고, 얼마 전에 제 할아버지가 돌아가셨는데요."

수많은 집을 방문했지만, 사람이 죽지 않은 집은 하나도 없었어요.

해질녘이 되자 힘이 다한 여인은 터덜터덜 걸어서 마지막 집에 가서 물었어요.

"이 댁은 사람이 죽지 않았습니까?"

"에이 여보쇼, 사람이 죽지 않는 집이 어디 있소?"

그때 이 여인은 크게 깨달았습니다. 어떤 집이든 사람이 다 죽는다! 어제 죽었냐, 오늘 죽었냐 혹은 내일 죽느냐만 다를 뿐 태어난 사람은 다 죽는다!

자기 아들이 죽었다는 생각에 사로잡혀 있을 때는 죽음의 고통이 자기한테만 있다고 생각했는데, 세상에 나가 보니 죽음이란 그냥 보편적인 현상인 거예요. 삶의 한 모습이란 말이에요.

그때 이 여인은 마음속에 움켜쥐고 있던 집착에서 놓여나게 되었습니다. 집착에서 놓여나니까 사물이 눈에 보이기 시작했고, 밝은 얼굴로 부처님께 돌아왔어요. 슬픔은 가시고 기쁜 마음으로 돌아온 여인에게 부처님께서 물으셨습니다.

"여인이여, 겨자씨를 가져왔소?"

"부처님, 이제 저에게는 겨자씨가 필요 없습니다."

그 여인은 죽은 아들을 살리지 않고도 행복을 얻은 거예요. 아들이 죽으면 아들을 살려야만 행복한 줄 알았지만, 죽은 아들을 두고도 행복할 수가 있었다는 얘기예요.

　이처럼 인생의 이치를 깨달으면 괴로운 조건이 더 이상 괴롭지 않은 것이 됩니다.

　행복은 봄볕 들듯이 나에게 들어 있습니다. 다만 내가 눈을 감고 있거나 응달에 있으면서 세상이 어둡다, 세상이 춥다고 아우성치는 것과 같아요.

　그러나 눈을 뜨면 세상이 밝음을 알 수 있습니다. 그러니 깨어서 바라보세요.

엄마수업

초판 1쇄 발행 2011년 10월 14일
개정판 4쇄 발행 2024년 04월 15일

지은이   법륜

펴낸이   김정숙
기획   이상옥 정연서
편집   박정은 신미경
디자인   정계수
마케팅   조은서
제작처   금강인쇄

펴낸곳   정토출판
등록   1996년 5월 17일(제22-1008호)
주소   06652 서울특별시 서초구 효령로51길 42 (서초동)
전화   02-587-8991
전송   02-6442-8993
이메일   juntobook@gmail.com
https://book.jungto.org

ISBN ISBN 979-11-87297-60-4 03810
ⓒ 법륜 2023